愛される狼王の花嫁

CROSS NOVELS

華藤えれな

NOVEL: Elena Katoh

yoco

ILLUST: yoco

CROSS NOVELS

CONTENTS

CROSS NOVELS

CONTENTS

愛される狼王の花嫁

1　狼《おおかみ》の王さま

むかしむかし、ボヘミアの森に狼の王さまが暮らしていました。

彼は、昼間は美しい金髪の国王として国民たちに慕われ、夜、月が出ると、蒼《あお》いたてがみの凛々《りり》しい狼王となって森の狼たちの王国にむかいます。

白鳥城といわれる夢のように綺麗な城に住み、狼の王は遠い異国からやってくる花嫁を迎え入れる準備をしていました……。

子供のころ、悠羽《ゆう》はそのお伽噺《とぎばなし》を読むのが大好きだった。

狼の王さまというのはどんな国王なのだろう、一緒に森のなかを駆けめぐりたい、ふかふかの毛に包まれてぐっすりと眠ってみたい——ずっとそんな夢を想い抱いていた。

その夢が本当に叶う日がくるとは思いもせず。

まさか自分が彼の運命の相手になるなんて考えもしないで。


ボーンボーン……と午前零時を知らせる柱時計の音が古城のすみずみに響きわたっていく。

空には純白の満月があがり、森の奥にひっそりと建つ城を青白く照らしている。

今夜のような夜は、発情期を迎えた獣《けもの》たちがボヘミアの森を彷徨《さまよ》うらしい。

交尾の季節、繁殖のシーズンがやってきたからだ。

その証拠に耳を澄ませば、うっそうとした木々の隙間《すきま》から「うぉーん、うぉーん」とつがう相手を求める狼たちの声が聞こえてくる。

けれど彼らよりも激しい交尾をくりかえしているのは、自分たち——人間だった。


その夜も悠羽は足の間に顔を埋める男の髪をつかみ、とどまることない快楽の波に息も絶え絶えに身悶《みもだ》えていた。

もうどのくらい喉からうわずった声をほとばしらせ、あられもなく乱れているだろう。

「あぁ……っ……ん……っあぁっ……んっ……もうこのようなお戯《たわむ》れは……どうか」

彼の熱い舌先が亀頭の先端を撫《な》でていく。

それだけで背筋がぴくりと跳ね、何度も腰をくねらせている。

ぷくっと勃ちあがった悠羽の性器からはとろとろの蜜《みつ》が噴きこぼれ、彼が舌で舐《な》めとっていく淫靡《いんび》な音にたまらない羞恥を感じた。

「くっ、いけません……そんなところを……王っ……お願いです……もう……お願……っ」

彼の舌先に煽《あお》られるたび、ざぁっと身体を襲っていく甘い快感に腰が勝手に揺れてしまう。

「すごい蜜だ……。とろとろで熱い。悠羽は……こういうのが好きなのか?」

問いかけながら、骨張った指で後ろの窄《すぼ》まりをくつろげられていく。

「いえ……違……そのようなことは……ああっ、あああっ！」

好きだなんて恥ずかしくて言えない。否定したい。

けれど後ろの薄い皮膚を捲りながら、内部に指が侵入してくる体感にたまらなくなって変な声をあげてしまう。

「あ……ん……っ……やっ、ああっ」

前に後ろにとゆるやかに蠢《うごめ》く指から与えられる快感にどうにかなってしまいそうだ。

ぐちゅぐちゅと揉《も》みほぐされるうちに、痺《しび》れるような疼《うず》きが全身に広がり、腰のあたりがぴくぴくと独りでに痙攣《けいれん》する。性器からはとめどなく蜜液があふれていく。

「ああっ……はあっ、ああっ」

どうしよう。このところ乳首も性器も後ろもすっかり感じやすくなっている。

「あっ、王……ああっ……どうかもうこれ以上は……」

恥ずかしくてどうしようもないのに、たまらないむず痒《がゆ》さを感じてじっとしていられない。ほんの少し刺激を加えられただけで、甘ったるい快感が腰の奥へと広がっていってしまう。

「なにを言う、こんなに嬉しそうに感じているのに」

悠羽から滴り落ちる蜜を舌先で舐めとったかと思うと、今度は白い内腿《うちもも》の皮膚に幸せそうに唇を押し当ててくる。

「ん……ふ……っ」

この人は、何て愛しそうに、何て狂おしげに求めてくるのだろう。

今までこんなふうに他人から求められたことはない。

幸せ過ぎて怖いくらいだった。

けれど身体に広がる快感が凄《すさ》まじくて、素直に嬉しいと言えなくなってしまう。うずうずとした妖《あや》しくももどかしい疼きに耐えられそうにないのだ。

「ここが好きなのか？」

後ろを弄《いじ》りながら低い声で問われると、リアルな体感だけでなく、骨に染みるようなその声にもずくりと身体の奥が疼いてしまう。

「ん……っ……はい……っ……すごく……好きです……」

そんな己の反応が恥ずかしい。なのにこの人に応《こた》えたいという気持ちが勝って、信じられないほど甘ったるい声を出し、腰をくねらせている。発情期の獣さながらに。

「ああ……っあああっ、ああ」

彼の指が二本に増え、昂《たかぶ》った性器からとろとろと蜜が滴り落ちてくる。もぞもぞと腰を揺らし、悠羽はシーツに爪《つめ》を立てた。

「こうされると、気持ちいいのか？」

問いかけられ、悠羽は懸命にうなずいた。

「はい……ん……っ……いいです……とても……そこ……」

壁にかけられた巨大な鏡には、豪奢《ごうしや》なベッドに横たわったまま、声をあげ、腰を突きだすようにして身悶える悠羽の姿が映っている。

癖のない黒髪が乱れ、白い肌もいつもより淡く染まっている。

骨っぽい小柄な体軀《たいく》がまだ子どものようにしか見えないのだけは残念だ。

もう少したくましかったらよかった、と思うようになったのはこの城に来てからのことだ。もっとがっしりとした体型なら、兵士としてでも警備としてでも働けたのに。

常に暗殺の危機に迫られているこの人を護《まも》りたいから。

幾重にも陰謀がはりめぐらされた宮廷のなかで自分だけでも命がけで守れる存在になりたい。

そう思うのだが、悠羽にできる仕事といえば、こうして夜ごと王の夜伽《よとぎ》をつとめることだけだ。あとは彼の部屋の掃除や身のまわりの世話をすることくらい。

「ごめんな……さい……ごめ……な……」

「どうした、なにを謝る」

「他になにも……できなくて……」

切れ切れに言う悠羽の呟《つぶや》きに、彼はふっと目を細めた。

「なにを言う。おまえは、愛という最高の喜びを私に教えてくれているのに。おまえとこうしている時間がたまらなく愛おしいのに」

愛、愛おしい……。

「悠羽……おまえとこうしていられる時間さえあればなにもいらない」

優しく囁《ささや》かれた声に目頭が熱くなる。

ジンと胸が満たされていったそのとき、彼は起きあがり、悠羽の足を腕にかけた。後ろに肉塊をあてがわれ、悠羽は息を詰めた。

「……っ」

挿入の予感に身体がこわばってしまう。その次の瞬間、悠羽の狭い肉の環を割って猛々《たけだけ》しいものがずぷりと挿《はい》りこんできた。

「あっ、ああっ……あっ」

腰をひきつけ、ぐぅっと押しこめられていく。

徐々に粘膜を広げられ、みっちりと熱い楔《くさび》が埋めこまれていくと、連動したように悠羽の中心がぴくりと跳ねてしまう。

「く……力を抜きなさい……きつい」

「ごめんな……く……っ、あっ、ああ……ああっ……っ」

一気に根元まで埋めこまれ、悠羽は大きく痩躯《そうく》をのけぞらせた。

「狭いな……いつもおまえのここは」

「すみませ……あ……ああっ……んく……っ」

苦しい。それに痛い。けれどズンと深い部分を押しあげられると、苦痛だけではなく、甘ったるい熱が生じ始め、悠羽の声にも艶が混じってくる。

「ああっ……ああっ、はあ……ああっ……ん」

痛いけれど気持ちがいい。悠羽の体内はぎゅっと強く彼のものを締めつけている。全身ががくがくと震え、左右に大きくひらいた腿も膝《ひざ》もふるふると小刻みにわななく。

「いいのか」

「んっ……すごく……いい……いいです……っ……王は……どうですか……いかがですか……」

彼にしがみつき、切れ切れに問いかける。

「っ……最高だ。……でなければ……毎夜、おまえを夜伽に……指名したりしない……」

額から汗を滴らせながら悠羽の腰をつかみ、彼は荒々しく打ちつけてきた。こすりあげられる感覚に、いてもたってもいられないような快感が広がっていく。

「あ……あ……っ……よかった……よかったです……王っ……いい……ああ……っ」

亀頭の出っ張りが感じやすい粘膜を行き来するたび、火花が散ったような快感に頭が真っ白になっていく。

身体中の全神経が剝《む》きだしになったように感じやすくなっている。

喉からは甘い声しか出てこない。

「ああっ、いやだ……ああっ」

身体のなかがいっぱいになっていくこの圧迫感がたまらない。

「すごいな……悠羽……そんなに気持ちがいいのか」

「あ……うっ……ああっ、やあ……」

体内でどくんどくんと脈動するものがさらに膨張していく。

「ああっ……すご……ああっ」

今夜はいつになく激しい。いつもより熱い。脳が痺れてくる。絶頂が近づいているのがわかる。

多分、今夜は、交尾のため、森に棲息《せいそく》する獣たちが騒がしいから。

だからこの人も――――。

いつまでこんなふうに過ごせるか。あとどのくらい褥《しとね》に呼ばれることがあるのか。

このお伽の国にいられる限り、彼……アレシュ王とこのボヘミア王国の行く末を見守りたい。

夜伽だけの役目でもいい。どんな仕事でも、こうしていられることが嬉しい。

どうしようもないほど、この人が好きだから。

二度と元の世界——現実の世界にもどれなくてもいい。

ここで生涯を終えられれば。この人のそばにいられれば。

*

狼と人間とが共生しているボヘミア王国。

その世界に迷いこむ前、悠羽は東欧の小国チェコのお伽噺に出てきそうな街プラハにある大学で臨時の清掃員として働いていた。


毎朝、着替えを済ませ、自分用の掃除道具一式の入ったカートを押して地下にむかう。

悠羽が担当しているフロアは、美術学部棟にある地下フロアと倉庫エリア。

(おはようございます、アレシュ王)

地下二階のなかの一番大きなフロアに入ると、最初に悠羽は心のなかで大好きな狼の王さまが描かれた絵にむかって声をかける。

絵といっても——正しくは巨大なタペストリーで、広々としたフロアの四方の壁面にずらりと九枚飾られている。

大きさは縦二メートル、横四メートル、優美で繊細なタペストリーが九枚、四方の壁面にずらりと飾られている様子は圧巻だ。

木で細工された天井や大理石の床も加わり、このフロアに入っただけで一気に物語の世界にまぎれこんだような錯覚を抱く。

タペストリーには『ボヘミア叙事詩《じょじし》~狼王アレシュ伝』——この地に伝承されているボヘミア王国の物語が描かれている。

狼王アレシュというのは銀色狼の血を引く国王だ。

元の伝説には、アレシュ王の祖父王、父王の時代も含まれている。

祖父王は、横暴な貴族の圧政から狼たちを護り、新たな土地を切り開き、ボヘミア王国を発展させた。

父王は国を拡大するため、まわりの諸外国と戦争をくりかえしていた。

そして三代目のアレシュは、戦争によって荒れ果てていたボヘミア王国を救い、隣国からやってきた虎《とら》たちを追い払った英雄といわれている。

優美で繊細な白鳥城という城を建てて芸術家たちを保護し、この時代にボヘミアの文化が爛熟《らんじゅく》していったという。

タペストリーに描かれているのは、三代目のアレシュの物語である。

物語の舞台は人間と狼とが共生している不思議なボヘミア王国。

昼の間、アレシュは人間の姿をして国王としての職務を果たしているが、夜、月が中天に輝く時間帯になると、狼王に変身し、森のなかで活動している狼たちのもとへむかう。

一枚一枚に人間の王であるときの様子と狼王のときの双方の人生がそれぞれていねいに織りこまれている。

お伽噺の王子さまのような金髪で紫がかった青い眸《ひとみ》をしている麗しい国王アレシュ。

勇壮な銀色狼となっているときの狼王アレシュ。

(どっちもすごく素敵だ。本当に綺麗で。夢を見ているみたいな気持ちになる)

タペストリーが制作されたのは、今から百年ほど前らしい。

語り継がれている伝説をもとに、プラハ総合大学の美術学部棟の地下フロアで当時の芸術家や職人たちが一丸となって作ったと言われている。

しかしその後、第二次世界大戦中に爆撃を受け、地下フロアは瓦礫《がれき》に埋もれてしまった。

それから半世紀を経《へ》て。社会主義時代が終わり、チェコが民主化されてしばらくしたころ、地下フロアが掘り起こされ、タペストリーが発見された。

あちこち破損してはいたものの、修復可能だったので当時の資料をもとに復元される運びになったのだ。

今現在、十枚中九枚まで修復が終了し、ここに保管されている。

残すは、あと一枚。

(すごいな、発見されたときはぼろぼろになっていたのに。昔の写真も見たけど、こんなに綺麗に修復できるなんて)

タペストリーを構成する絹糸一本一本の細やかな煌《きら》めき。

それが折り重なって、伝説として語り継がれていた物語が優美に織りあげられている。

狼の血をひくアレシュという王子がこの世に誕生したところから、やがて成人して国王になり、戦争で荒れていたこの地を平和にして真の王になるまでの物語。

織物のなかのアレシュ王をじっと見つめながら、絹糸の、しっとりとしたぬくもりのある香りに包まれていると、本当に自分もタペストリーの世界にまぎれこみ、アレシュ王の活躍をそばで眺めているような気がしてくる。

（本当に夢のように綺麗だ）

ボヘミア王国の救世主、狼王アレシュの物語。

チェコの歴史にはアレシュという名の国王は存在しない。

そもそも人間が狼になったり、狼が人間になったりすることはないので、アレシュ王は、あくまでアーサー王やローエングリンのような伝説のなかの英雄とされている。

だが実際にそんなことがあったのではないかと思うほど、このタペストリーにはドラマティックにアレシュ王の人生が描かれているのだ。

どのタペストリーも真ん中で半分に分かれ、右に狼王のときの様子、左に人間の国王としての様子が描かれている。

一枚目の左側には、まだアレシュが生まれたばかりのころ、国中の祝福を受けてその誕生が祝われている姿と、彼の人生を父王の預言者が占っているシーンになっている。

ボヘミア王国では、国王となる者には預言者が必ず寄りそうらしい。

そして父から子へ、王家の指輪が渡される。

一枚目の絵のなかでは、父王の預言者が王家の紋章が刻まれた真紅の指輪を赤ん坊のアレシュに捧《ささ》

げている。

一方、右の狼王バージョンのほうでは、子供時代の狼のアレシュが初めて森に行き、狼たちに跪《ひざまず》かれ、群れのリーダーとして忠誠を誓うシーンが描かれていた。

その首にも真紅の指輪がチェーンでつるされている。

現在、タペストリーの修復は九枚目まで終了している。あと一枚、最後のタペストリーの修復が終了すると、ここに全部の物語がそろう。

（あと一枚だ、あともう少しでアレシュさまの物語が完成し、ここに全部並ぶんだ）

その日を想像しながら、この部屋の掃除をしているとわくわくしてくる。

悠羽が清掃員として働いているプラハ総合大学は小高い丘の頂上にあり、その一番端の斜面の部分に美術学部棟が建つ。

斜面に建っているので、地下といっても、片側の窓を開けるとバルコニーがあり、そこから美しいプラハの遠景を眺めることができる。

古い教会、百の塔、赤茶けた屋根、淡いベージュ色の壁の建物。

市街地をゆったりと流れるヴルダヴァ《モルダウ》川、緑に包まれた小高い丘、そして街中を縫うように走っていく路面電車。

今もまだ中世の趣《おもむき》が残る古都、お伽噺の世界がそのまま残ったような世界遺産の都市として観光客が絶えることはない。

タペストリーが十枚そろえば、きっと一般公開されるはずだ。ここも新たな観光名所になるのだろうか。

（ああ、早く見たい。早く全部そろったところが見たい）

最後の一枚はどんなタペストリーだろう。

フロアのど真ん中に立ち、ぐるりと四方を見わたしながらいろんなことを想像しているうちに、今いる現実の場所から悠羽の意識はお伽噺の世界へと逍遙《しょうよう》していく。

シンとしたボヘミアの夜の森。湖の傍らにひっそりと建つ白亜の古城。

湖面に揺れる、神々しくも厳かな狼の王の姿。

月明かりに照らされた湖は水晶のように澄んでいる。

青白い深い湖底を遊泳している魚影。

少しずつ朝の光が東の空を染め始め、藍色《あいいろ》だった森の空気が淡い紫色へ、そして薔薇色《ばらいろ》に変化していく。

いつしか湖面に銀色狼の姿はなく、長身の男性の影が映っていた。春の暁に照らされ、彼の艶やかな金髪が清々《すがすが》しく煌めいている。

翳《かげ》りのある青灰色の双眸《そうぼう》、誇り高そうな鼻梁《びりょう》の、磁器人形のような麗しい横顔の男性。

彼はどうしてそんな淋しそうな顔をしているのだろうか。

そんなことを考えながら、じっとたたずんでいると、ボヘミア王国の森に自分もまぎれこんだような錯覚を抱き、胸が熱く震えてる。

朝、ほんのひとときだけ、こんなふうにお伽噺の世界に意識を彷徨わせる——その時間が悠羽はとても好きだ。

目を細め、うっとりと物語の世界に浸っていると、フロアの電気がぱっと点《つ》いた。

「――――っ！」

はっと振りむくと、大学職員の大柄の男性が戸口に立っていた。

一瞬にして、悠羽の意識が現実にもどる。

「なにをしているんだ。早く掃除を始めるんだ」

うながすように掃除用カートを指さされ、悠羽はあわててうなずいた。

「……」

悠羽は生まれつき、殆《ほとん》ど耳が聞こえない。

うっすらと音の反響のようなものを振動として感じることはできる。

補聴器《ほちょうき》をつけると、ようやく音として認識できるようになるが、それでもきちんとは聞こえない。

今は機械もつけていないので、ほぼ無音に近い世界に生きている。けれど相手の口の動きで意味を把握《はあく》するようにしていた。

一応、声は出るので、補聴器をつけて話しをする訓練をしたこともあるのだが、自分がどんな発音で話しているかわからなくて声を出す勇気が持てなくなってしまった。

なにか話をして困った顔をされるのが怖いのだ。

かすかな音しか聞こえない補聴器をつけ、まわりのことを気にしてびくびくして過ごすよりは、ほぼ無音に近い世界にいたほうが何となく安心できる。

だから自分には音が存在しないほうがいいように感じていた。

「いいな、火には気をつけてくれよ、先日、ボヤがあっただろう」

職員は悠羽の肩をつかんで振りかえらせ、貼《は》られた『煙草《たばこ》厳禁』『火の不始末に注意』と記された注意書きを指さした。

悠羽はこくりとうなずいた。

数カ月前、観光客が消し忘れた煙草の火が薪《まき》に引火する事件があった。万が一、火災が起きたら、たちまちタペストリーが燃えてしまう。

「掃除のほうも、近日中に最後の一枚が完成するらしいから、念入りにな」

職員がくいと親指を立ててタペストリーを指さす。

「え……」

では十枚目が届くのですか？　——と、目で問いかけた。

「ああ、もうじきな」

ついに完成する。胸の奥で鼓動が高鳴る。

（すごい、ここに十枚並ぶんだ）

アレシュ王の物語は、どんな終焉《しゅうえん》を迎えるのだろう。

早く最後の一枚を見たい。

（ああ、できたら、お祖父《じい》ちゃんにも見せたかったな）

一年前に亡くなるまで、悠羽の祖父はこのタペストリーの修復チームの一員だった。

祖父は日本の美術工芸大学で歴史的に価値のある金襴《きんらん》や緞帳《どんちょう》といった織物の修復保存を担当していたが、チェコで『ボヘミア叙事詩』が発見されたことをきっかけに、プラハの大学に客員講師という形で移籍し、タペストリーの修復に加わってきた。

そのとき、祖父は両親のいない悠羽を連れてチェコに移住したのだ。

今から十三年前の話である。

母は悠羽が生まれてすぐに亡くなった。いったん父にひきとられたものの、再婚相手に子供ができたため、どうしても悠羽が邪魔になり、五歳のときに亡き母の父――母方の祖父が育てることになったのだ。

『悠羽、「ボヘミア叙事詩」はね、大正時代、ヨーロッパに留学していた叔父さんが制作に関わっていたんだよ』

祖父の叔父は、西洋の美術を学ぶため、渡欧し、パリの美術学校に入学した。

休暇中に訪れたプラハの美しさに魅入られ、そのまま留学先を変更し、タペストリーのもとになった下絵の制作に関わっていたという。

しかし制作途中に病で倒れて入院。回復することなく、十枚目の下絵を友人に託して亡くなり、その後、遺品が日本に送られてきたとか。

『叔父さんの遺品にあった制作日記がタペストリーの修復には不可欠なんだ。九枚目までの下絵のデッサンや絵に描かれているモチーフひとつひとつの意味が記されていて。だから、おじいちゃんは叔父さんの日記を持ってチェコに移住し、修復を手伝うことにしたんだよ』

祖父は手話を使って口癖のようにそんなふうに言っていた。

『「ボヘミア叙事詩」は、おじいちゃんの初恋のようなものなんだよ。叔父さんの日記を読んで、どんな世界なんだろうと憧《あこが》れていたんだ。だから残りの人生すべてをタペストリーの修復にかけようと思っているんだよ』

そんな祖父にとっての初恋は、いつしか悠羽にとっても初恋のような存在となっていた。

祖父の書棚には『ボヘミア叙事詩』の伝説やそれに関する本が幾つもあり、幼いころ、悠羽は毎日のようにそれを読んでいた。

書棚には、祖父が日本で修復に関わっていた仏教の襖絵《ふすまえ》や屏風絵《びようぶえ》にまつわる説話集があり、そこに出てくる虎や龍《りゆう》の物語を読むのも大好きだった。

ボヘミアの狼、ドイツの熊《くま》、ロシアの熊や狼や虎、中国やインドの獅子《しし》や虎や龍、日本の龍神《りゆうじん》や蛇《へび》や狐《きつね》……。

神格化された動物や人間に変身できる動物の物語を読むのが大好きで、悠羽はよくひとりでその絵を想像して描いていた。

耳が聞こえない上に、性格的にも内気で、おとなしいタイプだったため、学校でもなかなか友達ができず、本のなかの物語や伝説の世界がこの国での悠羽のすべてだった。

なかでも一番好きだったのが『ボヘミア叙事詩』だが、なぜかタペストリーのなかの彼らは十九世紀風の装束を着ている。

勿論《もちろん》、十九世紀のチェコの歴史にはアレシュなどという王はいない。

不思議に思い、生前、尋ねたところ、祖父は自分たちには見えないどこかに彼らの世界があるはずだと言っていた。

『この世界のどこかとつながっているかもしれないんだ。お祖父ちゃんの叔父さんは、むこうの世界に行ったたって、日記に書いている。叔父さんが実際に見てきたボヘミア王国のことをイメージしてタペストリーを制作した、と』

白鳥の騎士の『ローエングリン』や聖杯《せいはい》を求めたアーサー王の物語、『ニーベルンゲンの指輪』のように、ありそうで存在しない不思議な世界が、別の時空のどこかにあるのかもしれない。

祖父はそんなことを言っていた。

（狼の王アレシュさま。もし時空のどこか違う場所に彼の国があるのなら、一度でいい、その世界に行ってみたい）

いつしか悠羽はそんな夢を抱くようになっていた。

ぼくも行ってみたい、いつか行かせてください——と教会のミサに顔を出すたび、神さまにそっとお願いをしてしまうほど。

『そんなにボヘミア王国が好きなら、悠羽もいつか行くことになるかもしれないな』

あまりに悠羽が夢中になっていたので、一度、祖父は冗談交じりに口にしたことがある。

本当に？

笑顔で問いかけると、祖父は言葉を続けた。

『……どうなんだろうね。「ナルニア国物語」や「不思議の国のアリス」みたいなことが本当に起きるかもしれないなら、お祖父ちゃんだって行ってみたいよ』

うん、じゃあ一緒に行こう。と、祖父と指切りした。

そんな記憶が今も悠羽の胸に残っている。

今、振りかえると、異国で友達もなく、耳も聞こえないひとりぼっちの悠羽に少しでも楽しい夢を与えようと思って、祖父はそんなふうに言ったのだろう。

確かに、その夢を持つことで、悠羽は異国で淋しさを感じなくて済んだように思う。

祖父が働いている間、ひとりで過ごしていても、『ボヘミア叙事詩』の世界にいる自分を想像し、もしアレシュ王と会ったらこんなことがしたい、もし狼王と出会ったらあんなことがしたいと、そのときのことを絵に描いているだけでとても楽しかった。

『悠羽は絵がうまいね。悠羽の絵はとってもあたたかくて、見ていると優しい気持ちになる。やわらかなタッチが叔父さんの絵に似ているね。いつか絵本を創るといいよ』

祖父にそう言われ、悠羽は美術系の学校に進学した。

絵本も描きたいけれど、できれば祖父と同じようにタペストリーの修復の仕事ができれば……と思っていたからだ。

けれどまだ九枚目が完成するかどうかといった昨年の冬、祖父はインフルエンザがもとで肺炎をこじらせ、あっけなく亡くなってしまった。

悠羽が十七歳のときだった。

学費も生活費もないため、悠羽は学校をやめ、祖父の働いていた美術学部棟で清掃の仕事につくことにした。

祖父の仕事の仲間が職員にと推薦してくれ、そのまま職員寮で住むことも許された。

もうすぐ祖父が亡くなって一年になろうとしている。

美術学部棟と職員寮を往復する毎日だが、それで十分幸せだった。

休みの日は、タペストリーの絵を思いだしてスケッチブックに描き、時々、そこに自分の姿を加えている。

絵のなかでは耳が聞こえ、言葉も話せる。

そしてアレシュ王の城で掃除の仕事をしている。

王さまのいる城を、悠羽がぴかぴかに磨いていく。

そんな姿を勝手に想像して何枚か絵を描いていると、自分も物語の世界に住んでいるような気がして幸せな気持ちになるのだ。

（日本に帰ろうかとも思ったけど……日本語の手話もうまくないし、お祖父ちゃんの死を報《しら》せたときも、父さんからは返事はなかったし……帰国してもぼくには家もなにもない）

それならここで『ボヘミア叙事詩』が完成するのを待とう。

そしてずっとフロアを掃除し続けよう。

そう思って毎日過ごしていたのだが、いよいよ最後の一枚が完成するときがきた。

「……」

ここにもうすぐ十枚目がやってくる。

そう思っただけで気持ちがはずみ、いつもよりも一生懸命床をモップで掃除してしまう。

ぴかぴかに磨いた大理石の床に、悠羽の姿がうっすらと映っていた。

くっきりとした大きな眸。肌は雪のように白く、小柄な身体は折れそうなほど細い。

もう十八歳だが、小柄な上に若く見える東洋人ということも加わり、十三、十四歳くらいの学生だと思われる場合が多い。

モップを片付け、ガラス窓の掃除をしようと手袋と薬剤を用意していると、白衣姿の白髪の医師が悠羽を訪ねてきた。

「おはよう、悠羽。健康診断、受けたか？」

大学の医学部附属病院の医師のひとりで、大学内の保険医の当番もつとめている。

（いえ……ぼく、臨時の職員だから……）

悠羽はポケットに入ったメモ帳にそう書いて医師に渡した。

「臨時でも職員には違いないよ。それでなくても……おまえさんの血液型は……なにかあったときに困るんだから」

「……」

悠羽の血液型は、ＲＨヌル型と同じくらい稀少《きしょう》な血液型とのことで、一万人に一人の割合でしか存在しないらしい。

抗体が少ないため、免疫力も足りず、長時間、立っていたり、無理をしたりするとすぐに貧血を起こしてしまう。そのせいで生まれつき、耳が聞こえないのかどうかは、正式に調べたことがないのでよくわからないのだが。

「時間があるときに来なさい。亡くなった小野《おの》先生もきみの健康のことはいつも心配されていたんだ。なにかあったときは、くれぐれもと頼まれている。小野先生に心配をかけないようちゃんと健康には気をつけよう」

念押しされ、悠羽がうなずくと、医師は背をむけてフロアをあとにした。

（お祖父ちゃんがお医者さんにぼくのこと頼んでいてくれていたなんて……）

そう思うと、祖父の想いがとても嬉しい反面、もう祖父はいないのだと今さらながら改めて痛感し、目に涙がにじんでくる。

ひとりぼっちになってしまってとても淋しい。物心ついたときから、ずっと一緒だった。ものすごくかわいがってくれた。

だからこうして祖父が大好きだったタペストリーと一緒にいられることに喜びを感じている。

アレシュ王の世界に想いを馳《は》せることで、いつでも祖父と一緒にいるような気がして淋しさを忘れることができるのだ。

(さあ、残りの仕事もがんばろう)

そう思って窓の掃除をしていると、数人の学芸員たちが現れた。

一日に何度か現れ、タペストリーの状態をチェックしたり、地下二階の倉庫で資料をさがしたりするのだ。

今日も学芸員や祖父の仲間のスタッフが数人現れ、一般公開するときの資料のため、細々としたチェックをしていた。

「ここにある九枚はもう何の問題もないようね」

「本当にすばらしいタペストリーだ」

そんなことを話しているのが悠羽にも何となくわかった。

そのとき、そこにいる女性職員の一人——クラーラが悠羽に近づいてきた。ふわふわとした長めの金髪を後ろにまとめ、白いブラウスと細身のデニムの上にさらりと白衣を身につけたチェコ美人で、祖父と一緒に仕事をしていたので悠羽も顔見知りだった。

「悠羽、ここのタペストリーが完成したら、あなた、行くあてはあるの?」

なにを言われているのかわからず悠羽は小首をかしげた。

クラーラは悠羽が理解しやすいよう、簡単にメモに書きながらゆっくりとした口調で言った。

「次の週末、タペストリーの最後の一枚の修復が終わるの。そのあと、しばらく撮影や検査があるけど、来月から残りの九枚のタペストリーと一緒に、十点全部そろった記念に市内の博物館で大々的に一般公開されるのよ」

ではタペストリーはここから出ていってしまうのか。

「そのあとは、二年かけて世界中を巡回するわ」

世界中を巡回？　二年もかけて？

「それを機に、この建物もきちんと修復されることになったの。戦争で破壊されたあと、応急処置的な修復しかしていなかったから。その後は違う学部が使う予定。ここの美術学部は郊外の美術大学と統合されることになって実質的になくなってしまうの」

なくなってしまうなんて。悠羽は呆然と目を見ひらいた。

「あなた、この先の仕事のあてはある？」

仕事のあて？

どういう意図で言われているかすぐに理解できなかった。しばらくしてようやく把握し、悠羽は引きつった顔で首を左右に振った。

仕事のあてなどない。耳も聞こえないし、友人も親戚《しんせき》もいない。ここでの仕事がなくなったら住むところもなくなってしまう。

クラーラは渋い顔つきで息をつき、言葉を続けた。

「大学ではこれ以上の職員は雇えないらしいの。あなたはまじめだし、小野先生が遺《のこ》した叔父さまの日記を貸してくれて、我々としてもとても助かったから、美術学部棟で雇ってもらえるよう、清掃の仕事を紹介したんだけど」

わかっている。祖父と付きあいがあったから、ここで働かせてもらえたが、本来なら、異国出身の、耳の聞こえない未成年などまともに雇ってもらえるわけがないのだ。

「仕事先がないなら、プラハから二時間ほど東に行ったところにあるビール工場の、住みこみのバイトを紹介するけど」

その言葉に、悠羽は大きく目を見ひらいた。

いつからですか？　とメモに記して問いかける。

「今すぐ人手が欲しいみたいなの。明後日には移れる？」

同じ言葉をクラーラはていねいにメモに書いて渡してきた。

明後日……。明後日にはここから離れる？

発作的に悠羽はかぶりを振った。

無理だ。明後日なんて。

タペストリーの完成が見られないし、二日間で荷物の整理をするのも不可能だ。

――ありがとうございます。でもできればプラハで働きたいので。

悠羽の書いた文字を見つめ、クラーラは困った顔をした。

「そう、わかったわ。じゃあビール工場には断っておくわね。あ、これ、日記のお礼。悠羽の手、いつも荒れているから」

クラーラは悠羽に新しいハンドクリームを手わたして出て行った。シンとしたフロアに残った悠羽は、涙がこみあげそうになるのをこらえながら九枚のタペストリーを見わたした。

大好きなアレシュ王。大好きな狼の王さま。ずっと一緒だった。これからもここでずっと一緒にいられると思っていた。

（どうしよう……仕事も住むところもなくなるなんて）

ビール工場に行けば、住むところは確保できる。仕事もある。

がんばれば、二日間で準備ができるかもしれない。けれどそうなったら、十枚目を見ることができなくなってしまう。

（いやだ……それだけは。せめてせめて……最後の一枚を見てからでなければ）

そう思うのはわがままなのだろうか。贅沢《ぜいたく》なのだろうか。

たったひとつの楽しみ、たったひとつの心のよりどころ。

それさえ見られれば、あとはどうなってもいい。せっぱ詰まった状況であることはわかっていたが、それでも悠羽は最後の一枚の完成を待ちたかった。

2　出会い

あとどのくらいここで暮らしていけるのだろう。

あとどのくらいアレシュ王と一緒に過ごすことができるのだろうか。

清掃の仕事で貯《た》めた預金が少しだけあるので、一カ月くらいはユースホステルかどこかに宿泊することは可能だ。その間に次の仕事をさがすしかない。

そんなふうに考えながら、大学の掲示板に貼られている求人をのぞく毎日を過ごすようになって一週間が過ぎた日の午後、ついに最後の一枚が届けられた。

フロアの真ん中に飾られた巨大なタペストリーの前に立ったとき、悠羽は初恋の相手にようやく出会えたようなときめきと切なさに胸が震えるのをおぼえた。

「――――ついに完成した」

ああ、完成したんだ。

十枚あるうちのひとつ――最後の一枚も、他の九枚同様に、人間の国王バージョンの絵と狼王バージョンの、左右二つの絵で成り立っていた。

十枚目には、アレシュ王の死が描かれていた。

――預言者の裏切りにあったあと、アレシュ王は隣国の罠《わな》にはまって死ぬ。

左側のタペストリーにはそう記されている。

そして右側には、嘆き悲しむ狼の集団と、新しい狼王に囲まれながら、森の湖の墓にアレシュが埋葬される光景が描かれている。

――新しい狼の指導者ペピークを中心に、狼たちの哀しみの遠吠《とおぼ》えが響きわたるなか、偉大なる救国の王アレシュの葬儀が行われていった。

これまで悠羽が読んできたお伽噺に出てくるアレシュ王の話とは違う。

確か、童話や説話集では、「アレシュ王は、国民からも狼からも慕われ、幸せに暮らしました。めでたしめでたし」といったラストになっていたはずだ。

(まさかこんなラストだったなんて。しかも預言者の裏切りって……)

わけがわからず、悠羽は呆然と最後の一枚を見つめた。

祖父の叔父の下絵は九枚まで。十枚目は友人の元にあった。そもそも日記も難しいチェコ語で書かれていたので、どんなラストになっているのかまでは読みとっていなかった。

それもあり、童話や説話集と同じようなラストになっているはずだと信じて疑わなかったのだ。

けれどこんな結末を目にすると、哀しみとも喜びとも淋しさともわからない複雑な感情が悠羽の胸に渦巻く。

何という哀しい物語だろう。

そう思ったとき、クラーラや学芸員たちがタペストリーの裏にむかった。

(——裏?)

小首をかしげたとき、クラーラが悠羽を手招いた。

「悠羽、ちょっとこっちにきて。ラストの一枚、こっちにもあるのよ。ご覧なさい」

モップを手にしながら、悠羽がむかうと、何とタペストリーの裏に、もう一つ表裏一体になる形で物語が描かれていた。

「……え……」

悠羽が目をぱちくりさせていると、クラーラが肩をポンと叩いた。

「見て。二つで一対になっているの。どちらもすばらしいでしょう? 最後の一枚のテーマは『死と救国』……。十枚がセットということになっているけど、実際は十一枚の絵なのよ。小野先生もご覧になりたかったでしょうね」

裏には、別のラストか描かれていた。

――命をかけて預言者が王を護る。そして預言者は国王アレシュの腕のなかで息をひきとる。

――哀しみにくれる狼王アレシュは湖畔《こはん》に預言者の墓をたて、白百合《しらゆり》を植えて埋葬した。

タペストリーの隅にそんな説明が記されている。

「面白いわね。二つのラストがあるなんて。預言者が裏切ってアレシュ王が亡くなってしまうバージョンと、預言者が命をかけてアレシュ王を護って亡くなってしまうバージョン。どちらが本当のラストなのか、このタペストリーの制作者は、我々に謎《なぞ》をかけているのよ」

王が亡くなるのか、預言者が亡くなるのか。

首をかしげながらタペストリーを眺めていると、クラーラの隣にいた学芸員が興味深そうに悠羽の顔をまじまじと見たあと、目の前でクラーラに話しかけた。

「クラーラ、やっぱりきみが言ったとおりだね。ここに描かれている預言者、この日本人の清掃員にそっくりだ。瓜二《うりふた》つだね」

「小野先生の叔父さまの日記に書かれていたのよ。このタペストリーを制作した時、預言者のモデルとなったって。小野先生の叔父さんと悠羽はそっくりみたいだから、この絵と悠羽が似ていても不思議ではないわ」

学芸員たちがちらちらと悠羽を見ながら話をしているが、口の動きで何となく彼らがなにを話題にしているのかわかった。

祖父もよくそう言っていた。

大正時代、このタペストリーの制作に関わっていたという祖父の叔父は、悠羽にそっくりの顔をしていた、と。

（預言者にそっくりか。祖父の叔父さん自身なんだろうか）

自分がいつもここに行きたいと願っているタペストリーの世界に、自分とよく似た顔の別の人物が描かれている。

その姿を見ているととても不思議な気持ちなってしまう。

実際に自分自身がそこにいるような気分ではない。反対にそこから除外されたような、そこに加わることができないような淋しさとでもいうのか。

ちゃんとタペストリーのなかには、自分のような人間が存在している。

そしてアレシュ王との時間を共有している。

だから現実の悠羽はここには必要ない。そう言われているような疎外感を抱いてしまうのだ。

多分、この職場を離れなければいけないという現実への淋しさも加わってのことだろう。

「あ、そうだ、悠羽、以前に小野先生からお借りした日記、もう少し借りていい？　実はタペストリーの完成を記念して、国立劇場で、アレシュ王の物語が上演されることになったの。演出の参考にしたいと、監督が話していて」

悠羽は、はい、とうなずいた。

祖父の日記が役に立つのはとても嬉しい。祖父も本望だろう。

「あとね、明日から一週間、監督と役者の人たちがタペストリーを見にやってきて、スチール写真やポスターの撮影することになったから、悠羽、ここの清掃の仕事は今日で終わりよ。長い間、ご苦労さま」

え……終わり。

突然のことに悠羽は瞬《まばた》きも忘れてクラーラを見つめた。

悠羽が理解していないと思ったのだろう。彼女はさっきよりも少しだけ大きめに口を動かし、ていねいなチェコ語でジェスチャー混じりに悠羽に話しかけてきた。

「今日であなたの仕事は終わりなの。明日から舞台の役者が衣装をつけ、タペストリーの前でポスター撮影があるの。清掃はスタッフがやるわ。日記は舞台が終わったら、あなたに返すわね」

「……」

「清掃の仕事の契約は、あと一週間よね。日記を借りているお礼に、その分のお給料は払うように伝えておくわ。その間に次の仕事と住む所をさがして。必要なら、紹介状の申請を」

は、はい、と、悠羽はこくこくと首を縦に振ってうなずいた。

「では、最後の清掃、頼むわね。今日までお疲れさま。仕事や行く先が見つからなかったら、連絡して。私にできることがあったら協力するから」

去りぎわ、クラーラにメールアドレスを書いたメモを渡される。

(今日で最後。今日でここの清掃の仕事は終わり。今日でもうアレシュ王と会うのも最後)

悠羽は掃除の手を止め、じっくりとその絵を見あげた。

最後だと思うと、切なさや淋しさがこみあげてきてどうしようもなく胸が痛くなってく。

今にもあふれそうになる涙を必死にこらえながら、しっかりと網膜に焼き付けておこうと思い、悠羽は、精一杯、目を見ひらいた。

それでもぼろぼろと涙が流れて落ちてくる。もう最後、もうアレシュ王とここで過ごすことはできない。ここでアレシュ王のために掃除をすることができない。

涙が止まらない。哀しみと淋しさがこみあげ、声をあげて泣き叫びたかった。

（駄目だ、駄目だよ、泣いちゃ。今日で最後なんだから、一番綺麗に掃除をしないと。アレシュ王の部屋を綺麗にして、サヨナラしないと）

自分にそう言い聞かせ、エプロンで顔を拭《ふ》くと、悠羽は唇を噛みしめ、涙をこらえながらモップを手に掃除を再開し始めたそのとき、ぱっとあたりが暗くなった。

停電？

このあたりにはよくあることだ。タペストリーが劣化しないよう、空調設備の非常用電源を点けなければ……と壁際にむかう。

「……っ」

そのとき、暗闇のなかから獣の唸《うな》り声のようなものが聞こえてきた。

殆ど耳が聞こえない。だがとっさに狼の声だと思った。

（まさか、ここに狼が？　いや、ドアが開いた気配はない）

タペストリーから狼が出てきたのかもという、埒《らち》もない考えがよぎったが、非常灯が点いたとたん、目の前にたたずんでいる男の姿を見て、悠羽は目を疑った。

ふっと暗がりのなかから浮きあがるように現れたのは、まさにタペストリーに描かれているアレシュ王とそっくりの男性だったからだ。

「……っ」

驚きのあまり、声が出ない。

さっきまで、このフロアには悠羽しかいなかったのだから。

冷たいまでに整った風貌――。艶やかで、くせのない金髪、鋭い眼光を放つ碧玉《へきぎょく》のような双眸。弓なりになった薄めの唇がぞくりとするような彼の端麗な美貌にシャープさを加えていた。

幻でも見ているのだろうかと、目をこすってみたものの、やはりそこにいるのは、タペストリーに描かれているアレシュ王そのものだった。

衣装もなにもかも、タペストリーの二枚目や三枚目と同じような感じだ。

十九世紀後半の、バイエルン王国やオーストリア帝国の衣装をもとにして作られたらしいが、まさにその時代から抜け出たような、白い上質そうなブラウス、白いタイ、白い袖口《そでぐち》が見えた焦げ茶色の長めの上着、それからズボンを身につけている。

(まさかまさか)

鼓動がドクドクと高鳴る。

いつも強く願っていたから、まさか自分はアレシュ王の世界に入っていくことができたのだろうかと、そんな想像をしかけたあと、悠羽ははっとした。

「あ……っ」

さっきクラーラが言っていたことを思いだした。

(そうだ、そうだった……役者の人がタペストリーの前で写真撮影をするって)

明日だと言っていたように理解していたが、もしかすると今日だったのかもしれない。たまに相手の言葉を間違えて理解してしまうことがあるので、勘違いしたに違いない。

他の役者はどこにいるのだろう。それとも一人だけ早く見にきたのだろうか。

まわりを見たそのとき、悠羽は床にぽとぽとと流れ落ちる血に気づき、はっとした。

「……っ」

彼の左足に大きな傷があり、そこから大量の血が流れている。

黒っぽい焦げ茶色の長い上着に隠れていたので今まで気づかなかったが、傷口を黒手袋で覆われた手で押さえ、その手袋の手先から血が音を立てて落ちていく。

「……っ」

手当てをしなければ——と、駆け寄ると、いきなりその男に肩をつかまれた。

「悠羽か、よかった、会えて。肩を貸せ」

はっきりと聞こえてきた言葉に、悠羽は目をみはった。

他人の声がこんなふうに明確に聞こえてきたのは初めてだったからだ。

これまで補聴器を使ってもかろうじて判別できる程度だったのに。しかも『悠羽』とはっきり名前で呼ばれた。

「あ……あの……あなたは……」

自分の声もはっきりと聞こえる。これは夢だろうか。わけがわからない。

呆然としている悠羽にもたれかかり、男は低い声で囁いた。

「私は……アレシュだ。そこの絵の」

「……え……ええっ⁉」

悠羽はフロアに響き渡りそうなほどの変な声をあげた。そんな悠羽をしみじみと見つめたあと、アレシュと名乗る男はほおにキスをしてきた。

「あ……あの……あの」

「驚くのも無理はない。おまえにとっては、今日が私との初対面だからな」

「……はあ」

びっくりしすぎて戸惑っていた。

人の話す言葉がこんなにもはっきりと聞こえてくるなんて。

しかも耳にしている言葉をきちんと音として認識し、さらには自分がその意味を理解していることが不思議な上に、いきなりアレシュだの、タペストリーの男だと言われてもどう理解していいのか、悠羽にはわからないことだらけだった。

「怪我《けが》の治療のため、ここにやってきた。命の危機に直面したとき、タペストリーが十枚そろっている世界に行くことができる。そして狼の姿になって元の世界にもどる……と言ったおまえの言葉は、どうやら本当のようだな」

「ぼくの言葉……ですか？」

「そうだ、そう言ったではないか」

「いつ……」

「私にとっては過去……おまえにとっては未来……。あのタペストリーの世界で」

「ぼく……タペストリーの世界に行くんですか」

「ああ、そうか。まだわかってないのだな、なにも」

これは夢ではないのだろうか。

今、ここにアレシュ王がいて、そして自分がタペストリーの世界に入る？

（きっと夢だ。アレシュ王と離れるのが辛くて……きっときっとこんな夢を見ているんだ）

なにより耳が聞こえているのがおかしい。

そんな都合のいいことが起きているだけでも驚きなのに、いきなり自分が未来にタペストリーのなかに行くなどと言われても、夢のなかの出来事にしか思えない。

そうだ、アレシュ役の俳優が役になりきってそんなことを言っているのかもしれない。クラーラから悠羽という掃除の子がいるとでも言われて。

いろんなことがぐるぐると頭を駆けまわったが、悠羽は床に溜《た》まっていく血を見てハッとした。

余計なことを考えている場合じゃない。早く彼の怪我を治療しなければ。

(あとのことはそれから考えよう)

そんな思いに衝《つ》き動かされ、自分でも信じられないほど明確に口から言葉を発していた。

「病院、病院へ、行きましょう……この建物の隣に、大学病院の分室があります」

自分自身の声もはっきりと聞こえる。

だから安心して話ができる。そのことに感動しながらも、早く彼の怪我を治療しなければと悠羽は必死になっていた。

これ以上、彼から血が流れないよう自分の上着を脱ぎ、左足の傷口を縛って。

「歩けますか? 廊下に出れば、車椅子《くるまいす》がありますから」

「必要ない。肩を貸せ、おまえがいればそれで十分だから」

目を細めてじっと悠羽を見つめ、アレシュと名乗った男は小さく微笑した。

「ここです、ここが病院の分室です」

幸いにも陽《ひ》が暮れ、構内に学生も職員も殆ど残っていなかったため、怪我をしている彼を連れて病院の分室に行くところを見咎《みとが》める人はいなかった。

「悠羽、どうしたんだ。すごい血じゃないか！」

先日、悠羽に検診をすすめてきた白髪の医師がちょうど当直になっていた。

医師の声もちゃんと聞こえる。もしかすると、自分の耳は本当によくなったのだろうか。

「役者の人です。怪我をしているので……治療してもらえませんか」

はっきりと言葉を発した悠羽を見て、医師が瞠目《どうもく》する。

「悠羽、おまえ、まさか耳が」

「はい、突然聞こえるようになったんです。あの……そのことよりも、今は怪我人を」

「あ、ああ、そうだな。おまえの検査はあとにしよう。怪我人をこっちへ」

「はい」

「大量の血だ、どこでこんな怪我を。腹部からも足からも血が。なにがあったんだ」

「森で……猟銃が暴発した。事件性はない。早く摘出手術を」

アレシュと名乗った男は、医師に対しても尊大な命令口調で言った。

「森で……よくここまで無事に。しかしすぐに手術といわれても」

「ではレントゲンで銃弾の位置を確かめろ。そのあと、すぐに手術をするんだ、時間がない」

男はじっと医師を見つめた。

蠱惑《こわく》的な蒼灰色《せいかいしょく》の眸が光のかげんで紫色に煌めく。医師は吸いこまれるように男の眸を見たあと、うなずいた。

「わかった。すぐにレントゲンをとろう」

「手術のときには輸血も。かなりの血を失っている。今にも失神しそうだ」

「血液型を調べなければ」

「RHの……そこにいる小野悠羽と同じだ」

男の言葉に、悠羽は小首をかしげた。名字を伝えたおぼえもないし、血液型を言ったおぼえもないが、どうして知っているのだろう。

「悠羽の血は……。しかし彼はあまり丈夫ではない。大量に輸血をすることは……」

医師が困惑したような顔で悠羽を見る。

「大丈夫です。ぼくの、どうぞ。使える分、使ってください」

悠羽はとっさにそう言っていた。

耳が聞こえることも嬉しかったし、同じ血液型の人が近くにいて、その人が憧れのアレシュ王にそっくりで、さらに少しでもその人の役に立つのだと思うと、自分も物語の一部になれたような気がして心がはずんだ。

「では、念のため、適合するかどうか調べて」

医師は悠羽の血を調べるよう看護師に指示した。その場で血をとり、適合することがわかったあと、悠羽は手術室の隣の部屋で採血された。

「悠羽も今夜はここに泊まりなさい。貧血で倒れてしまうぞ。彼と同じ部屋に簡易ベッドがあるから、付き添いという形で」

「はい、ありがとうございます」

悠羽は分室にあった緊急用の手術室の前で、彼の銃弾の摘出手術が終わるのを待つことにした。

「ごめんなさい、ちょっといいかしら？」

ソファで座っていると、病院の職員が声をかけてきた。

「さっき彼に尋ねたら、保険に入っていないらしくて、国民ナンバーもないの。外国の人みたいなんだけど……パスポートも現金もクレカも持っていないということで、お支払いをどうしたらいいかあなたに相談していいかしら」

「あ、はい」

「規則になっていて、お支払いの保証ができないと、手術ができないの。入院することも」

「わかりました。ぼくが代わりに払います」

「この金額になるけど大丈夫？」

「――――っ！」

職員から渡された金額を見て蒼白《そうはく》になった。

「えっと……あの……今からＡＴＭに行ってお金を下ろしてきます。一万コルナ足りないけど、週末、お給料日なので、そこから払います」

「わかったわ。それでも大丈夫よ。あ、クレジットカードでもいいんだけど」

「持ってないので。では、用意してきますので、手術、よろしくお願いします」

悠羽はそう言うと、構内にあるＡＴＭにむかって走った。

耳が聞こえるというのは不思議だ。一緒に言葉もすらすらと出てきた。それがあまりに嬉しいせせいか、血をとっても貧血にもならないし、いつもよりずっと元気だ。

「すごい、こんなものまで音がするのか」

ＡＴＭの機械音に感動しながら、悠羽は預金の全額を引きだした。

さっきは自分の足音というものを初めて聞いた。階段を下りる音も、人が話をしている声も聞こえる。これから先、どうやって生きていけばいいかわからないが、耳が聞こえるのなら、仕事の選択肢も増えるだろう。

（あの人が現れてから、急に耳が聞こえるようになった。それに言葉も。あの人……何者だろう。タペストリーから出てきたなんて言っていたけど）

絶対にウソだ。タペストリーから出てきたなんてあり得ない。

名前を知っていたのは、クラーラから聞いたのかもしれないし、血液型のことも誰かから聞いたのかもしれない。

アレシュ王にそっくりの俳優――それが彼の正体だと思う。

あまりにも絵にそっくりだったので、驚いて、耳が急に聞こえるようになったとか……そんな感じなのかもしれない。

自分なりに一応の理屈を考えながら、悠羽は受付で支払いを済ませた。

その後、タペストリーのある部屋にもどり、彼の血のあとの拭き掃除をした。

十枚そろったタペストリー。九枚目にはアレシュが怪我をするシーンがある。猟銃で撃たれたと書かれている。怪我をしている場所も同じ左腿だ。

（まさか……まさかそんなことはないと思うけれど）

アレシュは国民や狼を護るため、隣国へとむかい、そこで預言者と弟に裏切られ、虎の王の罠にはまって銃弾に倒れてしまう。

（銃弾にって……）

まさか本当にこのタペストリーから出てきたのだろうか。

けれどタペストリーのなかから出てくるなんて信じられない。

しかも祖父が話していたように『ナルニア国物語』のようにこちらからあちらの世界に行くのならともかく、むこうからやってくるなんて。

不思議な気持ちのまま分室にもどると、ちょうど手術が終わり、彼が手術室から病室へと運ばれていくところだった。

「大丈夫、無事に終わったよ」

医師に言われ、悠羽はほっと息をつき、ストレッチャーの後ろをついていった。

小さな分院の小さな病室。無機質な部屋のドアを閉め、悠羽はベッドに横たわっている男を見つめた。しばらくしてやってきた看護師が彼の点滴を付け直し、検温をすませる。

「なにかあったら、このボタンを押してね。あなたが付き添ってくれると聞いたわ。よろしくね」

「は、はい」

看護師が出ていくと、男はベッドサイドにあった水に手を伸ばした。

「あ、ぼくが」

「大丈夫だ」

男は半身を起こすと、それを口に含んだ。

壁には、タペストリーのアレシュ王のものと似た血にまみれた服がかかっている。

今は病院で用意された白い入院用の寝間着を着ているが、それでも顔立ちや体格はアレシュ王にそっくりだ。

「あの、誰か連絡したい方はいらっしゃいませんか？　荷物も必要なら、とってきますけど。貴重品や携帯電話だけでも……」

こうして生身の彼を前にすると、やはりタペストリーから出てきたという非現実な存在とは思えない。撮影にきた役者が、この近くの森で猟をしている人の猟銃の弾に誤って当たった——というほうが信憑性《しんぴょうせい》がある。

それならスタッフや舞台仲間の人へ連絡したほうがいいだろう、外国からきたのならば、滞在先のホテルに荷物を置いている可能性もある。パスポートや貴重品、携帯電話等がなかったら不便だろう。

「どうしますか」

「必要ない」

男はちらりと悠羽を一瞥《いちべつ》したあと、切り捨てるように言った。

必要ないわけがないのに……と思ったとき、悠羽は壁の鏡に映っている自分を見て、はっとした。

ボサボサの黒髪、貧相な体格の子どものような東洋人、それに彼の血もついてはいるものの、あちこちほつれて薄汚れた掃除用の制服、サイズのあわないボロボロの靴。

（……最悪だ……何て汚いんだ）

こんな姿の人間に、誰も貴重品をあずけたりはしないと思う。

それに、悠羽が知らないだけで、きっと有名な役者なのかもしれない。だとしたら、うかつに個人情報を知らせるわけにはいかないだろう。

「よけいなことを言ってすみません。お邪魔でしたら廊下の長椅子で寝ますので、なにかあったら声をかけてください」

「待て……」

出ていこうとした悠羽の手を男がつかむ。

「はい」

ふりむいたとたん、男は点滴をはずし、悠羽の肩をつかんで抱き寄せようとした。ベッドに座りこむ形になり、悠羽はあわてて彼から離れようとした。

「あの……待って……く……っ」

「寒い、あたためてくれ」

「駄目です……ぼく……汚いですから」

あわててかぶりを振ると、男はふっと苦笑した。そしてしみじみと悠羽を見つめたあと、前髪に手を伸ばしてきた。

「そういうところは変わらないな、おまえというやつは」

「え……あの……あなたは……一体……」

「アレシュだと言っただろう。タペストリーからやってきたと」

今もまだ役になりきっているのだろうか。それとも悠羽をからかっているのか。それとも誰かと間違えられているのか、麻酔が効き過ぎて意識が混濁しているのか。

けれど確かにタペストリーのなかにある王そのものにも見える。

少しグレーがかったミステリアスな蒼い眸に上品な鼻梁。一見すると冷ややかにさえ見える神々しいほどの美貌に、ふとした指先の所作や物腰、話し方の高貴な雰囲気が加わり、とても同じ世界の住人とは思えないような空気を醸しだしている。

「何て顔をしているのだ。まあ、信じられないのも無理はない。確か言っていたな、ずっと役者だと思いこんでいたと。まあ、いい。どうせいつか信じる日がくる」

「え……あの」

「いいだろう、役者ということで。そうだ、私はアレシュ王の役者だ」

「やっぱりそうだったのですね」

悠羽はほっと息をついた。

「早くこっちにきなさい。おまえと寝ると、傷が癒《い》えるのが早い。体温も下がらない。私にはおまえの体温が必要だ」

「広告の撮影はいいんですか？」

「撮影——？　あ、ああ、説明はいずれ。明け方まで時間がある。それまでは、いつものようにここで寝ろ」

「え……いつもって……ちょ……っ……」

肩を抱き寄せられ、とまどいながら悠羽は彼の隣に腰を下ろした。肩をひきよせられ、ほおにくちづけされて、悠羽は驚いて首をすくめた。

「……あ……っ」

「私が嫌いなのか？」

問いかけられ、ぶるぶると首を横に振る。そんな悠羽のほおにまたキスをしてくる。優しく、大切なものに触れるように。

「私はこんなにもおまえを大切に想っているのに。好きだ、悠羽」

大切に……。好き――――。

「……っ」

ふいに怖くなってきた。

今まではすべて文字で見てきたもの、つまり視覚から入ってくるものだった。

いつまでも確かめることができたし、文字に書かれたものは逃げていくものではなかった。

けれど音として耳を通り抜けていくものは何と不安定なのだろう。実体がなくて、つかみどころがない。けれど何と心地よいのだろうか。

「あの……もう一度……言……」

悠羽はぼそりと呟いた。

「ん？」

「あ……いえ……何でもないです」

なにを言っているのだろう。うつむいた悠羽のあごを大きな手でつかみ、アレシュと名乗った男は笑みを見せた。

「言って欲しかったらいくらでも言うぞ。愛しい、好きだ、かわいい、悠羽が大好きだ」

なにもかもが初めて耳に入ってくる響きだった。

祖父がいなくなってから一年、他人と触れあうことなんて一度もなかった。

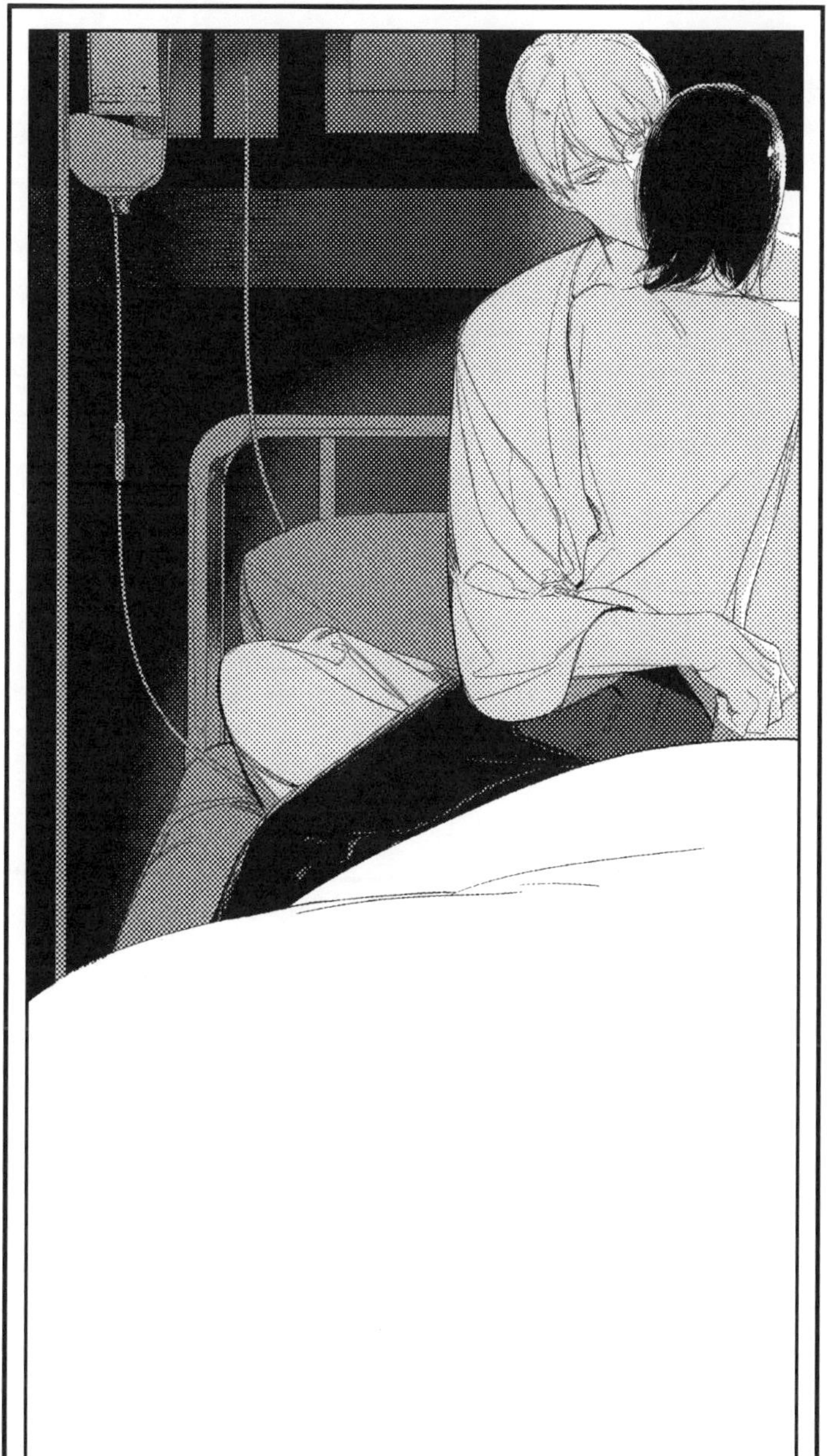

それに耳が聞こえることも。

祖父の声すら一度も聞くことができなかったのに。なのに、今は、小鳥の声も、川の音も聞こえてくる。機械の音まで聞こえた。

これまでまったく知らなかったものの数々。そのなにもかもが不思議でたまらないのに、こんなふうにアレシュ王そっくりの人に抱きしめられ、愛しいなどと言われてしまった。

それがあまりにも幸せ過ぎて怖くなってくる。

耳に溶けた音のように、この時間もつかむことができないまま、すぐに消えて、甘い余韻だけを残してどこかに儚《はかな》く散ってしまうのではないかと思えて。

「なにを泣いている」

悠羽の目元に溜まった涙に気づき、男は指の先で眦《まなじり》をくいっと拭《ぬぐ》ってくれた。

「怖くて……急に怖くなって……すみません……」

悠羽のあごをつかみ、男は目を細めた。

「怖くなったのは……この時間を失いたくないからか？」

失いたくない？

「多分……そうです」

悠羽はこくりとうなずいた。そうだ、夢のようなことばかりで、今、この一瞬のまま世界が終わってしまったらいいのにと思ってしまうのだ。

「大丈夫だ。失ったりしない。私もおまえも。ふたりで生きていくために失わないためにここにきているのだから」

悠羽の肩を抱き寄せると、長い指で愛しそうに髪を撫でながら、男はこめかみやほお、それに口元へと何度も何度も優しくキスをしてきた。

そのとき、ふいに外から不思議な音が聞こえてきた。耳の奥に大きく反響していくような音に驚き、ぴくりと身体をすくめ、悠羽は驚いて窓を見た。

「どうした」

「今の音って……」

「教会の鐘の音だ……それからからくり時計の音楽だ」

「音楽……？　ゴーンゴーンと鳴ったあとに聞こえてくる、このふわふわした音は音楽というものなんですか」

「そうだ」

「これが音楽……」

不思議だ。耳に溶けてくるつかみどころのない音の連続。聞いていると、この人の声が耳に響くときと同じように、胸の奥がきゅんと絞られるように痛くなったり、わくわくしたり、いてもたってもいられなくなったり……といろんな感覚が渦巻いてくる。

「また妙な顔をして。……ああ、そうか、おまえはずっと耳が聞こえなくて、人と話をすることもできなかったんだったな。補聴器をつけても駄目だったとか」

「っ……そんなことまで知っているんですか」

「おまえがそう教えてくれたのだ」

「そう……でしたっけ？」

「音楽を聞くのもこれが初めてだったな」

「はい。音楽がこんな素敵なものだったなんて。春の日だまりややわらかな風のようです。長い冬を耐えてきた人々の心を優しくほぐしていくような……そんな淡い幸せの光がぱぁっと胸のなかに広がっていくような……」

じわじわと胸に染みこんでくる音。音楽というものに耳をかたむけながら、悠羽はうっすらと目を細めてほほえんだ。そんな悠羽のあごをつかんで、またキスをしたあと、アレシュと名乗る男は音楽のように心地よい声で言った。

「今、流れているのは『歓喜の歌』という音楽だ」

その題名なら知っている。ベートーベンという耳の聞こえない作曲家の音楽だ。

「それ、有名な歌ですよね。三十年ほど前、このプラハで民主化革命があったとき、みんなで歌った記念の歌だと」

「民主化革命の歌か。ここではそんなふうに歌われているのか」

「この音楽……知ってるんですか」

「ああ。歌ったことがある。子どものときに……聖歌隊で。あとにも先にも人前で歌ったのはこの曲だけだ。恥ずかしいものだからな……他人の前で」

「歌う？」

「そう、歌うんだ。自分の声で音楽を奏でる」

「え……あの……どんなふうに音楽を奏でるんですか」

大きく目を見ひらき、問いかけると、アレシュと名乗る男は、困惑したように眉間《みけん》に大きくしわを刻んだ。

「どんなふうって」

「聴いてみたい……知りたい」

まっすぐ見つめて言う悠羽に、男は苦笑した。

そして視線をずらすと「一回だけだぞ」と囁き、悠羽の肩を抱き寄せ、低く抑揚のある声でワンフレーズだけ歌った。

「Ja《ヤー》, wer《ヴェア》 auch《アウホ》 nur《ヌーア》 eine《アイネ》 Seele《ジーレ》 Sein《ザイン》 nennt《ネーント》 auf《アウフ》 dem《デム》 Erdenrund《エルデンルント》……」

聞いたことのない言語だ。さっぱり意味がわからない。けれど胸の深いところに染みこんでいくような切ないものを感じて、さっきとは違う涙が眦に溜まってきた。

男はそんな悠羽の髪をくしゃっと撫でた。

「どうした、変な顔をして。やはり下手だったか」

「あ……いえ、素敵過ぎて……胸のあたりがきゅんきゅんして。あ、あの……今の言葉……どういう意味ですか」

両手で胸を押さえる悠羽の髪を、男はもう一度くしゃっと撫でた。

「今のはドイツの言葉だが……この世にたった一人でも、魂を分かちあえる相手がいる者は喜びなさい……というような意味だ」

「この世に……たった一人でも魂を分かちあえる……」

魂を分かちあう。

悠羽には想像がつかなかった。その言葉の意味を理解できるほど、誰かと濃密に触れあったことがない。まだ祖父以外の誰かを愛したこともない。

タペストリーのなかのアレシュ王に恋をしてはいたけど、一方的な片思いでしかない。

友人もいない。いまや家族も親戚もいない。

そんな自分でも誰かと魂を分かちあえるようになるのだろうか。そうなったらどれほど素敵だろう。

どれほど胸が熱くなるだろう。

「ぼくにも……いつかそんな人が現れたら」

ぼそりと独りごとのよう言うと、アレシュは小さく丸めた拳《こぶし》でコンと悠羽の額をこづいた。

「え……」

「そんなやつなら目の前にいる。あきれたやつだな、本人を前にしてそんなことを言うなんて」

悠羽は驚いて顔をあげた。

「おまえは私を愛するようになる。おまえの魂を分かちあう相手は私だ」

「あなたと魂を?」

目をみはると、男がゆっくりと唇を重ねてくる。

「そうだ、おまえは私のものになる。私だけのものに」

軽く音を立ててキスをしたあと、男が艶やかに微笑する。

「でも……いいんですか、ぼくがあなたを愛しても」

「おまえはどうなんだ、愛したくないのか」

「いえ、愛したいです。愛を感じるくらい、あなたのことが好きになりたい」

心で思ったことをすぐに音にして相手に伝えるというのは、何て素敵なことなのだろう。これまで一度もこんなふうに想いのままの言葉を吐露したことはなかった。

悠羽の肩をさらに強く抱き寄せると、また彼が額やこめかみにキスしてくる。

「好きになればいい。待っているから、むこうの世界で」

「待っているって……どういう意味ですか」

「私の世界は、おまえもあのタペストリーで知っていると思うが、まだこちらでいう十九世紀くらいの時代に存在する」

「ああ、だからあなたの装束は……」

「そうだ。手術のため、科学的に進歩しているおまえの世界にやってきた。だがなにより、おまえに目印を渡したかった。道しるべになるだろう。おまえが道に迷わないように」

「目印？」

「私がこちらの世界にこられるのは、生涯において一度だけ。命の危機に瀕《ひん》したとき、そしてこの場所に十枚のタペストリーが完全な姿でそろっているときだけ、私の城の横にある湖からこの世界にこられるらしい。確かにそのとおりだった」

「あの……」

「意味がわからなくて当然だ。いつか理解できるときがくる」

言いながら彼が少しえりをくつろげたとき、鎖骨の下にくっきりとした傷痕《きずあと》があることに気づいた。

「あの……これは……？」

「暗殺者に。まだ幼いときだ。このときは代わりに従者が亡くなった」

「今回の傷だけではないのですか」

「ああ」

「暗殺なんて……恐ろしいことが起こるんですか」

「王家の人間としての宿命だ、仕方ない」

「では……今回の傷もそうなんですか」

「そうだ。身内の裏切りだ」

悠羽は驚いて目をみはった。何度も誰かに殺されそうになっている。しかも身内に。そんな人生があるなんて。

「そんな顔をするな。慣れている」

「慣れてるなんて……宿命だなんて言わないでください。幼いときからだなんて……しかも身内が裏切るなんて……」

真摯《しんし》な顔で必死に言う悠羽の姿に、どういうわけか彼はとても嬉しそうに微笑した。尤《もつと》も少しばかり口の端を歪《ゆが》めて、やや皮肉めいた雰囲気を漂わせながら。

「いいぞ、もっと言ってくれ。背筋がぞくぞくする」

小首をかしげると、彼はそのほおに手を伸ばして包みこみ、唇の笑みをさらに深めた。

「おまえはそうでないと。もっとたくさん私をいさめてくれ。もっと叱っていいぞ。この世でおまえだけだからな、私を怖れず、心から案じてくれるのは」

彼はどうしてこんなに幸せそうな、満たされたような表情で言うのだろう。

「どういう意味ですか」

「言葉どおりだ。これからもたくさん叱ってくれ。楽しみにしている。ああ、そうだ、そのためにもおまえに目印を渡しておかなければ」

　男は小指から指輪を外すと、悠羽の手をとり、左手の薬指にはめた。濃密な紫色がかった高級そうな宝石のついたシルバーリング。そこには王家の紋章らしき印が刻まれている。

「あの……これは？」

「私の国で採れた最高級の石榴石《ざくろいし》で、王家に伝わる指輪だ」

　石榴石……ガーネットのことだ。ガーネットはチェコの特産品でもあり、街のあちこちに専門店があるが、のぞいたことは一度もない。

　赤いイメージがあったが、こうして指にはめて明るいところで見ると、紫というよりもミステリアスな深海のような蒼色に感じられる。

　まさかこれは、タペストリーの一枚目に出ていた指輪ではないのか。

「朝陽にあてると紫色に、夕陽にかざすと血の色に変わる。これを目印にしろ。おまえはこれに導かれ、私の世界にやってくる。この色の焔《ほのお》とともに」

「どういうことですか。こんな大切なもの、受けとるわけには。伝説では、これは王が婚姻に使うものだと……」

「そうだ、王位継承者が伴侶《はんりょ》に渡す指輪だ」

「では尚更《なおさら》、ぼくがもらうことは……」

　指から指輪を抜いて返そうしたそのとき、あごをつかまれ、男が唇を重ねてきた。これまでとは違う濃密なくちづけだった。

「……っ」

口内に舌が侵入してくる。いきなりのくちづけに、悠羽は驚いて目を見ひらいた。

「ま……待って……こんな」

「だからおまえのものではないか。おまえこそが私のかわいい伴侶だ」

「まさかそんなことって」

「そうか……おまえは今日が初めてだったな。私の時間では、もう何度も身体を重ねているのだが」

「……え……」

本当にまったく意味がわからない。どういうことなのだろう。

「もっと激しく抱いてくれ——と、今ではおまえから頼んでいるのだぞ。いやらしくて、淫らで、私が困ってしまうほど」

「ええっ……そんなことは……なにか勘違いを」

かっとほおが熱くなり、悠羽はかぶりを振った。

「勘違いではない。私たちは毎夜のように睦《むつ》みあってるぞ」

「そんなバカな……」

「おまえの耳が聞こえるようになったのも、輸血をしても貧血にならないのも、おまえが私のそばでしか、生きていけない存在だからだ。私もそうだ、おまえと交尾をしなければ……狼にはなれない」

「あの……狼って……あなたは……まさかまさか……本物のアレシュ王なんですか」

「そうだ、何度もそう言っただろう」

劇場の役者ではなく？　ウソだ。一体どういうことなのか。これは夢なのか。

「そうだ。私がアレシュで、おまえは預言者にして私の情人。いや、預言者というより、私を御するための猛獣使いになってしまったと自虐的なことを口にしてたぞ」

「信じられません……ぼくがそんなことを言うなんて」

「でも言うんだ、おまえはそう言って、バカなことばかりやっている私をいさめるんだ」

「嘘です……そんな……」

「嘘ではない」

男はそう言って、もう一度キスしてきた。唇をこすりあわせたあと、口内に舌を挿りこませ、息ができないほど深く貪《むさぼ》られていく
「ん……っ……んん……」

わからない。本当にそんなことがあるのか。

タペストリーのなかの世界に自分が行くことがあるなんて。

けれど確かにこの人のそばにいると、耳が聞こえる。言葉が普通に出てくる。それに貧血も起こらない。やはりこれは夢なのかもしれない。

「おまえと交尾をしないと狼の姿になれない。呪《のろ》いがかけられているせいだ。元の世界にもどるため、抱くぞ」

「抱くって……」

呪いがかけられている？　どういうことだろう。タペストリーにも自宅にあるお伽噺にもひと言も書かれていないことだが。

「なにもかも、初めてだったな」

男も女もキスも……そもそも他人と触れあうこともない。これまで身近にいたのは祖父だけ。だか

ら交尾とか抱くとか言われてもどういうことなのかよくわからない。

「怖いのか？」

「違……そうじゃなくて……なにも知らないから」

「私を好きだと言ったな？」

「は、はい」

「おまえは、私以外、愛せないし、他の誰のものにもならないのだぞ」

「本当に？」

「そうだ、だから安心して身を委《ゆだ》ねろ」

「でも怪我は……」

「少し痛む程度だ。言っただろう、狼の血をひいている分、人間よりも怪我の治りが早いと」

「あ……はい」

シャツ、ズボン、エプロン……と次々と脱がされ、腰に腕をまわされると、はだけた胸がアレシュの胸に密着する。彼も寝間着をとって素肌と素肌が重なりあう。

ふたりの鼓動が溶けあい、その振動の心地よさに浸ってみたくなった。

「……っ……ん……」

深く唇を重ね、指とは対照的な熱い舌が激しく口腔《こうこう》の奥を貪る。

濡《ぬ》れた音を立てて、唇を重ねながら、男は悠羽の胸の突起を指先で撫でた。

彼が自分に触れている。

そう思うと、さっき聴いた音楽のように気持ちが高揚し、肌が熱を持ち始めていく。

「んっ……」

彼の長い指が胸から腰を通りぬけ、ゆっくりと下肢に滑り落ちていく。男は足で悠羽のひざを割ると、鎖骨から胸へと舌を移動させてきた。

「……あ……っ」

彼の唇が胸の突起に触れる。ぴくりと腰のあたりが震え、指先が性器に絡みつくと、次は心臓が飛びでそうになった。けれどたちまち、甘い疼きが広がる。

「ん……ふ……っ」

初めての経験に緊張をおぼえ、身体のこわばりがなかなか解けない。

ベッドにあおむけになり、ひざを広げられ、足の付け根まで彼の視界に晒《さら》されている恥ずかしさも伴って益々《ますます》緊張してしまう。

足を閉じたい。いくら何でもこんな格好は恥ずかしいのに。

「ちょうどいい、これを使うぞ」

エプロンのポケットから飛びだしたハンドクリームに気づいて彼が手を伸ばす。

先日、クラーラにもらったものだった。プラハで最近人気のハーブ系メーカーのもので、甘いグレープの香りがする。指にたっぷりと乗せ、濡れた指先で固く閉ざされたそこを開けようとする。

「……っ……っ！」

二本の指を絡ませ、ぐぅっと硬い粘膜を押し広げられる。

「ん…ぐ……っ」

怖い。緊張してしまう。これまで一度も経験したことのない感触に、たちまち悠羽の肌は粟立《あわだ》ち、緊張のあまり鼓動が激しく脈打つ。

「大丈夫だ、まかせろ、すぐに気持ちよくなる」

「……っ……ん……く……っ」

気持ちよくなる？　そうなのだろうか。わからない。

ただ触れられているところがじんじんと痺れ、そこが火傷《やけど》しそうなほど熱い。

グレープの甘酸っぱい香りがあたりに広がっていくにつれ、甘やかな愛撫に悠羽の身体が蕩《とろ》けそうになっていた。

「ん……んん……っ……あ……あっ」

クリームの滑りを借りながら、体内をとろとろにほぐされていく。

やがて大きな手のひらでつかまれ、腰をひきつけられた。

そこにあてがわれたものの大きさ、硬さに身体をこわばらせてしまう。けれどかまうことなく、猛々しく脈打つものが肉の環をこじ開けていこうとする。

「くっ……さすがにきついな。締めるな……頼む、ゆるめろ」

どうすればいいかわからない。腰が砕けそうな痛みに全身がこわばり、息が乱れていく。

「ああ……あ……ふ……っ無理……もう……ああっ……」

首を左右に振り、息もたえだえに喘《あえ》ぐ。

そのとき、どくどくと脈打つものに体内が圧迫されているのがわかった。自分のそこが彼のものを銜《くわ》えこんでいる。

それが生々しい体感となって伝わり、カッとほおが熱くなる。

「ん……ああ……っ……ふ……ん……っ」

腰を動かしながら、彼が狭路をおし広げるようにさらに突き進んでくる。

他人の肉塊が根元まで埋めこまれ、体内で膨脹していく圧迫感。

苦しかった。けれどそれだけではなく、他人とはっきりと体温を分かちあっているのだという実感が胸を満たしていく。

「あ……っ……っ」

「最初はきついと思うが……慣れろ。おまえは……ずっと私とこうして……過ごしていくのだから」

「……っ……ずっと……って……」

しかし最後の言葉まで口にする間もなく、彼が腰をつかみ、奥を突いてきた。こすりあげられるところに火花が散ったような熱がはじけていく。

「いや……あ……あぁ……ああっ」

腰骨をつかまれたまま掻《か》きまわすように抉《えぐ》られ、荒波に何度も襲われるような感じがした。

「ああ……っ……はあ……っ……っ」

悠羽の喉からは淫靡な声が漏れ、彼を呑《の》みこんだそこがきつく屹立《きつりつ》を締めあげている。

「あ……ああっ……ああ」

「おまえのなか……きついが、あたたかくて、心地いい。その眸、唇……なにもかも……愛らしくてどうしようもない」

鼓膜に溶ける声に悠羽はうっすらと目を開けた。

愛らしくてどうしようもない。

そんな言葉を耳にすることができるなんて。

胸が熱くなり、悠羽は眸からうっすらと涙を流した。

肉体の痛みよりも、他人と一体になる充足感に悠羽の心も身体も満たされていく。

素敵だ、こんなふうに他人と快感やぬくもりを分かちあえるなんて。

そしていつか本当にこの人と魂まで分かちあえるようになるだろうか。そう思いながら。

3　彼の世界へ

昨日のあれは何だったのだろう。

『再会を待っている――』

悠羽のなかで果てたあと、彼は壁にかかっていた血まみれの衣服に着替え、窓を開けた。

『待って……』

追いかけようとした瞬間、悠羽は目を疑った。

月の光を浴びたとたん、彼の姿は巨大な狼へと変化したのだ。

青い月光を浴び、銀色の毛並みが蒼く輝くあのタペストリーの狼王アレシュそのものがそこに現実となって存在していた。

これは現実なのか、もしかすると夢だったのか。

驚きと何とも言えない感動で胸がいっぱいになったそのとき、狼はさっと悠羽に背をむけ、夜の闇に消えていった。

本当にアレシュ王がタペストリーの世界から出てきたのか。

一夜の夢？　いや、違う。

身体には彼との一夜の余韻が熱く残っている。

左手の薬指には、彼がはめてくれた石榴石の指輪。シーツには昨夜の生々しい痕跡《こんせき》が残っていた。

そして財布には、病院の領収書。

それに……彼がいなくなってすぐ、また耳が聞こえなくなった。

シーツを洗ったあと、ベッドを直し、彼のいなくなった病室を見わたす。

もう彼はいない。狼になって消えた。

（ほんの半日……夢のようだった……音が聞こえて、愛を知って……）

この石榴石の指輪が目印になると言っていたけれど、一体、どうすればもう一度彼に会えるのか。

本当に自分は彼の世界に行くのだろうか。そんな日がくるのだろうか。それともそれは都合のいい聞き間違いではないだろうか。その証拠に、また耳が聞こえなくなっている。

（いや、少しでも希望を持とう。この指輪があるのだから）

悠羽は自分に言い聞かせ、病室の外に出た。

医師に挨拶《あいさつ》に行き、また聞こえなくなったことを伝えると、彼は気の毒そうに言った。

「残念だな。せっかく聞こえるようになったのに」

メモに記された医師の言葉に、悠羽は肩をすくめて淡く微笑するしかなかった。

「でも、また聞こえるようになるかもしれません。それに、言葉を口にする感覚がわかるようになりました。自分で聞けないので、ちょっと不安ですが」

悠羽はおそるおそる聞こえないまま言葉を発した。

「大丈夫だ、ちゃんとわかるよ。あ、そうだ、悠羽、昨日の彼とはどういう知りあいなんだ?」

医師はメモに言葉を書き足した。

「あの人なら、もう元気になったと言って、出て行ってしまいました」

「出て行った? 抜糸もしていないし、手術した翌日に、すぐに退院できるほど回復していないと思うが……ふだん通っている別の病院に移ったのだろうか。それにしても不思議な患者だったな。目を見ていると、彼の命令に従わないといけないような気になって……」

医師は混乱している様子だった。

狼の血が流れているから人間よりも治りが早いと言っていた、そして本当に狼に変身したと医師に告げても信じてもらえないだろう。

(よくわからないことばかりだったけど……彼はアレシュ王だ……タペストリーから出てきたんだ。この指輪がその証拠だ)

心のなかでそう確信しながら、最後の給料で残りの入院費を払ったあと、大学側に、どこか別の学科での清掃の仕事がないか問い合わせてみたが、今のところ、手が足りているという返事だった。

しかたなく、悠羽は職員寮にもどり、荷物の整理を始めた。

（地道にさがそう。ぼく一人、生きていければどこでもいいのだから）

彼の国に行けるかどうかわからない。

この指輪をどう目印にすればいいのか見当もつかない。

それよりもなによりも生きていくため、住むところと仕事を探さなければならなかった。

もう預金はまったくないのだから。

プラハを離れて、少し郊外に仕事をさがしに行こうと思っていた。

郊外なら、今の時期、葡萄《ぶどう》の収穫のアルバイトがあるはずだ。今日のうちに移動し、ユースホステルに泊まって、明日の朝一番に仕事がないか訪ねてみよう。

「さて……これでいいか」

それほどたくさんの荷物はない。もともと家具付だったし、荷物といえば、悠羽の衣類と祖父と両親の写真くらい。

すべてまとめても小型のキャリーカートひとつで何とかなった。

祖父の研究用の遺品はすべてクラーラに預けたし、それ以外、祖父も私物らしい私物はなにももっていなかった。

（あ、あと、これは持っていかないと）

一冊の古い本。『ボヘミア叙事詩』が記された一冊の本を、昨年のクリスマスマーケットの古書市で発見した。

タペストリーの内容と殆ど同じ内容なのだが、ラストの数ページが破れているので、伝説のラストシーンがどちらなのかがわからない。

アレシュ王が亡くなるバージョンか、預言者が亡くなるバージョンなのか。

(そういえば、呪いがかけられてるって言ってたけど……本には呪いのことは一行も書かれていない。アレシュ王の身に多くの危険が襲ってくるけれど)

不思議に思いながら、悠羽は本をカートにしまった。

部屋の鍵《かぎ》を職員寮の受付ボックスに返したあと、最後にもう一度、タペストリーを見ることができないか、悠羽はキャリーカートをひっぱりながら美術学部棟へむかった。

あたりは少しずつ暗くなってきている。

受付に挨拶をして建物のなかに入って地下に行く。

もう今日の撮影は終わったらしい。

誰もいない。真っ暗だ。さっきまでこのあたりに人がいたのだろう。廊下はまだあたたかいし、うっすらと煙草のにおいもする。

「あ……」

まわりを見れば、非常階段の前に撮影用のセットが積みあげられている。照明道具やよくわからない機材のようなものが乱雑に置かれているような印象だった。

廊下にはメイク道具や何本かのスプレー缶と一緒にゴミが散乱している。食べ物のビニール袋や紙袋のようなものから灰皿代わりの空き缶までが転がっていた。

(これ、掃除しておこう。なにかあったら大変だ。煙草の火もちゃんと消えているか確認して、ゴミを集めて……)

掃除用具置き場にむかおうとしたそのときだった。

どこかから焦げ臭いにおいが漂ってきていることに気づき、悠羽はあたりを見まわした。

「え……」

焦げた臭いがするのは、機材のある付近ではない。息を吸いこんで確かめているうちに、タペストリーのフロア前の廊下に積まれているゴミ袋から火が出ていた。

「────っ！」

いけない、火だ。

誰かが煙草を捨てていったようだ。その横にずらっと衣装を吊《つる》したハンガーラックが並べられている。衣装に移った火から白煙があがってあたりに立ちこめていく。

とっさに非常ボタンを押し、悠羽はあわててその脇《わき》にある消火器をとりだした。ボヤのうちに消さないと大変だ。

「消火器、消火器……っく……」

重い。駄目だ、壊れている。レバーが動かない。

仕方ない、バケツに水を入れて消そうと思い、消火器を捨てて掃除用具置き場でバケツをさがしている間に火が勢いづき始めた。

この階はタペストリーの保護のため、スプリンクラーのスイッチが消されている。

そうこうしているうちに機材のなかのスプレー缶に引火したらしく、爆発するような衝撃とともに廊下の天井まで勢いよく火が燃えあがり始めた。

「だめだ、そっちにはタペストリーが」

悠羽はあわててトイレに走り、バケツに水を汲《く》んで火にかけた。

駄目だ。火が消えてくれない。空気が乾燥しているせいか、火の勢いが増していく。夥《おびただ》しい煙がたちこめ、赤々とした火が天井を舐めるように燃えさかっている。

「……っ」

ああ、タペストリーが燃えてしまう。

(そうだ、防火シャッターがあったはずだ)

廊下を区切れるよう設置されていたはずだ。そうすれば延焼が防げるし、タペストリーの部屋を護ることができる。

だがすでにスイッチの場所には火の手があがっていた。煙が充満して視界もままならないがそれでも火は激しくはなかった。

今なら間にあう。とっさにそう思った悠羽は手で口元を押さえながら、焔が揺れている場所へと勢いよく走っていった。

ゴホゴホと咳《せき》が止まらない。煙を吸いこみながらも、手探りで壁をたどってスイッチを押す。

すると、かすかな震動とともに防火用のシャッターが下りていくのがわかった。

あとはシャッターの下をくぐって安全な場所に行けば。

「う……っ!」

しかし貧血が起き意識がふっと遠ざかりそうな感覚に囚《とら》われる。

ゆらり、と身体が揺れ、何とか踏ん張ろうとしたが、転がってきたスプレー缶を踏みつけてしまい、悠羽はそのまま胸から床に転んでしまった。

「うあっ……」

火の粉が舞いあがるなか、胸を大きくぶつけてしまった。

次の瞬間、無常にも悠羽の目の前でシャッターが閉じてしまった。

――――っ!!

火災現場に閉じこめられてしまった。

どっと焔の勢いが増し、熱風が襲いかかってくる。あまりの熱さに息もできない。

そのままぐったりと床に倒れこんだ悠羽の身体の上に火の粉が降りかかってくる。

熱い。自分が燃えていく。

息が苦しい。もう駄目だ。でもシャッターは下りたからタペストリーが燃えることはないはずだ。

無事だ。間にあった。

左手の薬指に光る石榴石の指輪。焔と同じ色に煌めいている。

もう一度、会いたかった。

アレシュ王、彼に。こみあげる想いのまま指輪にくちづけしたそのとき。

「こっちだ、どこにいる、こっちへ――っ!」

ふいにアレシュの声が聞こえてきた。

パチパチという火の爆《は》ぜる音がはっきりと耳に聞こえ、自分の咳きこむ音もわかった。

聞こえなかったはずの音がまた聞こえている。

まさかアレシュさまが。

はっとして目をひらき、悠羽は力を振りしぼるようにして半身を起こした。

濛々《もうもう》と煙がたちこめ、激しく焔が揺れるむこうに、うっすらとではあるが、それでも大きな銀色狼の姿がはっきりと見えた。

「あ……ああ……っ」

その蒼いたてがみ。狼の姿をしたアレシュ王。あちらの世界から迎えにきてくれたのだ。そうだ、この指輪を目印にすると言っていた。とっさにそう思った。

「あ……アレシュ……さ……っ」

ぼくはここにいます、ここにいます。

必死に叫ぼうとしたが、声の代わりにゴホゴホという咳しか出てこない。煙を吸って喉や胸が焼けるように痛い。

それでも必死に手を伸ばしたとき、轟音《ごうおん》を立てて燃えさかる機材がなだれ落ちてきた。

頭上から凄まじい勢いで落下してくる焔の塊に悠羽の身体は呑みこまれていく。

もう駄目です。

アレシュさま、手が届きませんでした、あなたに。

猛烈な熱さと痛み。

息苦しさに耐えきれず朦朧《もうろう》としていく。悠羽はその場で意識を失ってしまった。

＊

うぉーん……と、どこからともなく狼の遠吠えのようなものが聞こえてくる。

「……ん……っ」

意識を失ってどのくらいが過ぎたのか。

かすかな獣の唸り声が聞こえるなか、ほおを撫でていくひんやりとした風に気づき、悠羽は目を覚ました。

ここはどこなのだろう。どうして瑞々《みずみず》しい森の香りがするのだろう。風に揺れて落ちてくる葉がかさかさと音を立てている。

チュンチュンというのは鳥の鳴き声だろうか。それとも虫の音？

いろんな音が聞こえてくる。また耳が治ったのだ。

悠羽は呆然とした顔であたりを見まわした。

うっそうとした木々が自分をとりかこんでいる。

白樺《しらかば》や唐桧《とうひ》といったほっそりとした針葉樹が立ち並び、地面には茸《きのこ》が生えていた。

「……っ」

森のなかの地面に仰向《あおむ》けに倒れこんでいるようだった。

なにもかも夢だったのかと思ったが、薬指には石榴石の指輪があるし、煙を吸いこんだときの不快な喉の痛みも残っている。悠羽はゴホゴホと軽く咳をした。

確か火事が起きたのは夜だった。けれど今は朝の光のようなものが頭上から降り注いでいて、緑の木々や地面を覆う苔《こけ》が光を反射してきらきらと煌めいている。

「う……っ」

喉を痛めてしまったらしい。まともに声が出ない。

火事はどうなったのだろう。もう火の気はない。けれど指や手首に火傷の痕、衣服の裾《すそ》が焦げている。靴も。手のひらも衣服も真っ黒だ。きっと顔も真っ黒だろう。火傷をしたときのひりひりとした痛みが身体に残っている。胸もまだ痛い。

(誰かに……助けられたのだろうか。消防車がきた気配はないけど)

そもそも火事があったのは大学構内だ。地下のフロアで、崩れ落ちてきた機材の下敷きになっている。それなのに、どうして自分が森のなかに横たわっているのか。

意識を失っている間に、消防士に助けられたのだろうか?

しかしそれならこんなところではなく、病院にいるはずではないのか。

美術学部棟はどうなったのか。タペストリーは無事だったのか。

最後の最後に、一瞬だけ見た狼の姿は何だったのか。

いろんなことを考えながら上体を起こしたそのとき、悠羽の視界を白いものがよぎった。

(白い服? いや、動物だ)

悠羽は視界に入ってきたものに驚愕《きょうがく》し、息を呑みこんだ。

あれは……!

目の前に、ゆうに二メートル近くある、巨大な牡《おす》の銀色狼が座っていた。手の甲にできた傷を舌先で舐めながら。

「――――っ!」

狼……最後に見た狼だ。

（狼王のアレシュさま？　では、さっきの唸り声は……狼王アレシュのものだったのか）

呆然とした眼差しで悠羽は獣を見つめた。

するとこちらの視線に気づき、狼が前肢をついてすくっと立ちあがる。

「……っ」

何という大きさ。沈黙のなか、大きな影が揺らぎ、悠羽は息をするのも忘れて目を見ひらいた。

深く澄んだ翠玉色《すいぎょくいろ》の双眸と、やわらかで凜々しい体軀の線をしている。

磨きぬかれたような艶やかな美しい銀色の被毛から発散される凜とした生気。

額から一房だけ垂れた蒼いたてがみが王冠のように彼の高貴な立ち姿を彩っている。

その典雅な佇《たたず》まいと高貴な表情を見ていると、悠羽はそのままお伽噺の世界へ、狼の王たちが優雅に暮らす深い森の奥へと引きこまれていくような感覚を抱いた。

この世にこれほど美しい生き物がいたなんて。

アレシュ王だ、狼王アレシュ。

神秘的にさえ感じられるその風情に吸いこまれたように目が奪われて瞬きもできない。鼓動だけがドクドクと大きく脈打ち、悠羽の全身はかすかに震えていた。

（この前……彼が言っていたように、ぼくは……本当にタペストリーの世界に入ってきたのだろうか。ここはボヘミア王国なんだろうか？）

胸に広がる興奮と疑問を抑えようと、必死に頭のなかで今の状況を理解しようとしていると、すうっと銀色狼が幻のように消える。まるで夢だったかのように。

そして悠羽が見あげた先には先ほどまでの銀色狼ではなく、一人のすらりとした長身の男性がたたずんでいた。

その場だけが明るく輝くような神々しさと妖艶《ようえん》な風情。タペストリーに描かれたままの、十九世紀風の優美な衣装を身につけた男性だった。

「……一応、人間のようだな。火のなかから助けてやったが」

上質そうな白いブラウス、黒い大きめのリボンタイ、黒いベスト、そして漆黒の膝丈《ひざたけ》まである上着とズボン。磨きぬかれた黒い革靴。全身から漂う圧倒的な高貴さ。

アレシュ王。一昨日、会ったアレシュ王だ。狼から変身したのだ。

いや、あのときよりもずっと美しい。

よかった、お元気そうだ。もう会えないかもしれないと思っていたのに、再会できた。

涙がにじみ、胸が喜びでいっぱいになっていく。

こらえきれない思いのままアレシュに声をかけようとしたが、どうしても喉から声が出てこない。話しかけたいのに。ごほごほと咳きこむことしかできない。

「あ……あ……っ」

大粒の涙を眸ににじませ、唇をわななかせながら、彼に手を伸ばしかける。しかし鋭い目でにらみつけられ、悠羽は硬直した。

「——おまえは何者だ」

冷ややかな問いかけ。罪人でも咎めるかのような口調に全身がこわばる。

「……っ」

「もう一度訊《き》く、おまえは何者だ」

何者……？

彼はおぼえていないのか？

一昨日の夜のことを。悠羽が黒く汚れてしまっているのでわからないのだろうか。

「あ……っ……あ……」

ぼくは悠羽です、覚えてませんか？

そう訊きたかった。けれど喉がひりひりとして声が出てこない。

口をぱくぱくさせている悠羽を、彼はめずらしいものでも見るような眼差しで悠羽の姿を見下ろした。冷たい表情のまま、腰に手をあてがった姿勢で。

さらさらと白樺の木々の間を流れていく風のなか、しばらくの沈黙が続く。

自分の呼吸の音しか聞こえないような静寂に不安をおぼえ始めたそのとき、彼はもう一度に問いかけてきた。

「おまえは預言者か？」

預言者？　この前もそんなことを言っていた。悠羽は預言者になると。

「……」

悠羽は小さな枝を拾って地面に文字を書いた。

——いえ、ぼくは預言者ではありません。一昨日、あなたに会った清掃員の小野悠羽です。火事で煙を吸って声が出なくなりました。ぼくのこと、おぼえていませんか？

文字を見下ろし、ふっとアレシュは鼻先で嗤《わら》った。

「一昨日？　おぼえがない」

おぼえがない？　どうして。

——あなたが怪我をしていて、ぼくが病院に。あなたはアレシュ王だと名乗って。

混乱して、文字を書く手が震える。

「おもしろいことを言う。確かに私はアレシュだ。しかしまだ王ではない。一昨日は、一歩も城から外に出ていない。大勢の証人もいる。勿論、おまえとも会ってはいない。誰かと間違えているのではないか」

間違い？　そんなはずはない。

——あなたの身体に銃創があったはずです。鎖骨にも怪我の痕が。

悠羽はそう書いた。

「銃創などない。確かに鎖骨には傷があるが。そんなものは、肖像画にも描かれているので誰でも知ってることだ」

銃創がない？　この人とのことは夢ではないはずだ。けれどなにかが違う。

「おまえは預言者ではないのか？　満月の夜、ボヘミアの森に預言者が現れる、焔とともに現れるという先代の預言者の遺言に従い、従者たちとこのボヘミアの森にやってきたのだが」

そのとき、悠羽ははっとした。

一枚目のタペストリーに書かれていた物語を思いだしたからだ。

——アレシュ王の預言者は、彼が王太子の時代、候補の少年を二人、発見します。そして二人のうちの一人が選ばれるはずですが。

悠羽の書いた文字をじっと見つめ、男は目を細めた。

その眸は光の加減によって蒼灰色や濃紺、それに紫色に見える。人間のときの彼も狼のとき同様に、美しさだけでなく神秘的で高邁《こうまい》なものを内に秘めているような風情だった。

「二人のうち、一人を選ぶのか」

彼が不遜《ふそん》な笑みを浮かべたとき、白樺の林のむこうから馬の蹄《ひづめ》の音が聞こえてきた。

「王太子、こちらにいらしたのですか」

誰かの声がする。見れば、青っぽい軍服を身につけた数人の若い男たちが馬に乗って現れた。

映画やドラマの世界のような光景。

「ペトル少佐か、どうだった」

ペトル――その言葉にも覚えがある。

『ボヘミア叙事詩』のなかに出てくる人物だ。

アレシュが王太子時代は近侍として仕え、国王になってからは宰相になっている。

やはりタペストリーの世界にやってきたのだと、悠羽は改めて確信した。

「あちらにそれらしき少年が見つかりました」

「それらしきとは？」

「預言どおり、森のなか、薪の焔の前に倒れている者が一名おりました。今、離宮のほうに連れていっておりますので、王太子も馬車におもどりください」

数人の男たちの一人、アレシュがペトル少佐と呼んだ――淡い金褐色の髪の、彼よりも少し若そうな軍服姿の男が馬から下りて跪く。

（この人の姿も……タペストリーの端に出てきていた。そのままだ）

自分が本当にお伽噺の世界にいるのだという実感が改めてこみあげ、悠羽は緊張に胸を昂ぶらせながら彼らの様子を見つめていた。

少佐に続いて、残りの数人も馬から下りて跪く。少佐はアレシュの手の甲にくちづけしたあと、ちらりと悠羽を一瞥し、困惑した表情で言った。

「その怪しい者は？　真っ黒に汚れ、骨っぽく……悪魔の子のような風情ですが」

「わからない。いきなり現れたのだ」

やはり悠羽のことはおぼえていない。

いや、そうではない。銃創もなかった。一昨日は外に出かけていないという。なにより王ではなく、王太子のようだ。

（そうだ、指輪。再会のためにと……石榴石……ガーネットを見せれば……再会の目印だと）

とっさに悠羽は左手を前に出した。衣服の汚れていない場所で拭うと、薬指には嵌《は》めた石榴石の指輪が煌めく。

「これは……王家の指輪ではありませんか」

少佐が驚いた声をあげる。

「返しなさい。王太子、これを」

「え……っ」

悠羽から指輪を奪うと、少佐がアレシュに差し出す。

「そうだ、王家に伝わる指輪だ」

「夜盗の仲間ですよ。この前、城の宝物殿がやられたではありませんか」

「――っ」

夜盗の仲間？　違う、アレシュ王がくれたのだと説明しようとするのだが、喉が痛くて声が出てこない。

「このあたりに現れる夜盗の仲間か。預言者だと思ったが」

アレシュの言葉に、少佐が苦笑する。

「預言者なら、先ほど発見したデニスという少年でしょう。大変美しい少年でした。このような醜く穢《きたな》い者ではありません。しかも話もできないようですし」

醜く穢い。そうか、自分はそうなのだ。

「警察長官、この男を捕まえろ。盗人だ」

少佐が言うと、後ろに控えていた年配の男とその男の部下らしき者が悠羽のそばに近づき、両側から腕をつかみあげる。

「う……っ……」

盗んだのではない、アレシュさまが下さったのではないですか、再会の日の道しるべとして。

そう言いたいのに、喉からはなにも言葉が出てこない。ただ口を動かすことしか。

「牢《ろう》に連れていけ」

冷たく吐き捨てるとアレシュは悠羽を見ることもなく、くるりと背をむけた。

「取り調べのあと、夜盗は全員処刑と決まっていますが、よろしいでしょうか」

少佐に問いかけられ、アレシュは冷ややかな、それでいて艶のある笑みを浮かべた。

「どうでもいい」

ぼそりと呟くと、アレシュは肩をすくめて言った。

「政治にも裁判にも興味がない。勝手にしろ」

従者からさっと帽子をうけとると、アレシュはそのまま森の奥に進んでいった。そこに馬車が待っていたらしい。

「おまえはこっちにこい。おい、こいつを縛るんだ」

警察長官の命を受け、彼の部下の兵士が悠羽をつかみ、後ろ手に縛りあげる。そのまま悠羽は離宮に連行されることになった。

「勝手にしろ……か。あの王太子には困ったものだ」

悠羽を連行しながら警察長官がぼそりと呟くと、兵士が声を潜めて言った。

「このままではボヘミア王国が滅んでしまいます。近隣との戦争にも反対ばかり。ご病気の王に代わり、政治に力を注いでいただかなければならないのに」

「なのに毎夜のようにオペラ座に通い、美しい役者たちを寝室に招いては、毎夜のように酒池肉林の乱交三昧《ざんまい》という噂です」

兵士たちの言葉に、深々と警察長官がため息をつく。

「確かに……。気に入った役者や芸術家には、国庫を惜しみなく注ぎこむくせに、気に入らない使用人はその場でクビにしてしまわれる」

「それだけではありません、夜な夜な狼の姿となって城を抜けだし、市民を脅かして血の餓《う》えを満たしているという話も聞きました」

彼らの話に、悠羽は驚いて目を見ひらいていた。

その話は本当なのか。伝説の王アレシュとはずいぶん違う。

血の餓えを満たしているだなんて。

「近隣諸国からも国民からも、放蕩《ほうとう》王子、残酷王太子、血濡れた狼王子として怖れられているそうだ。彼を慕っているのは森の狼たちだけだろう」

警察長官も困ったような、呆れたような口調で呟いている。

「困りましたね。せっかくルテニア大公国の姫君とのご婚約が成立したのに。このままだと縁談も破棄されないか心配です」

「我々と違い、王家の人々は狼の血が濃い。ましてや後継者のアレシュさまには先祖の呪いがかかっている。凶暴な獣の血が騒ぐのだろう」

呪い。また呪いという言葉が出てきた。

先祖の呪いというのは何だろう。

古書店で見つけた本にもタペストリーにもまったく出てきていない一文だ。

「もう何百年と続いている呪いですね。内容は知りませんが、王家の当主にのみ脈々と受け継がれ、永遠に解けることはないと言われているようですが」

「ああ、皮肉にも、呪いがかかっていることが王太子の証明だ」

彼らの話から、やはりここは自分のいる世界ではなく、本当にあのタペストリーに描かれているボヘミア王国なのだということがわかった。

けれど、アレシュ王太子は伝説のイメージからはかけ離れている。

救国の王、英雄、偉大なる狼王とうたわれていた。なのにここでは、放蕩王子、残酷王太子、血濡れた狼王子などと言われている。

その上、王太子に呪いがかかっているとはどういうことだろう。

あの冷たい眼差しと言葉。それに投げやりな態度。

『裁判にも政治にも興味がない。勝手にしろ』

彼は一昨日のアレシュ王ではない。怪我もしていない、会った記憶もない、指輪を渡したおぼえもないと言った。まったく別の、似て非なるところに来てしまったのかもしれない。

だけど耳は聞こえる。なにがどうなっているのだろう。


ずっと憧れていたアレシュ王の世界にやってきた。

夢のような楽園、彼が輝いている場所、英雄としてたたえられている場所……そう思っていたのになにかが違っていた。

「——ここだ」

悠羽が連れていかれた部屋は、石造りの城内にある蠟燭《ろうそく》が灯《とも》った浴室だった。

目隠しをはずされ、悠羽は、ぐるりとあたりを見まわした。

牢獄かと思ったが、違うらしい。部屋の中央にブリキのバスタブが置かれている。数人の使用人がその浴槽《よくそう》に湯と石鹸《せっけん》を流しこんでいた。

「アレシュ王太子がおまえと話をしたいらしい。気が変わられておまえが預言者ではないかと思われているのだ。だが、城内で王太子に謁見するにはその格好ではまずい。入浴をすませろ」

「……あ……」

はい……と言いたかったが声が出ない。あたふたしているうちに使用人たちに次々と服を脱がされ、衣服を集めた使用人がそれを持って部屋から出ていく。

するとと、別の使用人が代わりに木綿でできた白い服のような上下をそこに置いた。

「こっちへ」

うながされるまま、悠羽はバスタブの中央に立った。

そんな悠羽の身体を使用人たちがごしごしと洗っていく。身体のあちこちがひりひりと痛み、悠羽は顔を歪めた。

「火災にあったのでしょうか。火傷の痕があります。そのために黒ずんでいましたが……肌は真っ白で、なかなか美しい東洋系の風貌の持ち主です。ただ……これをご覧ください」

悠羽の前に立ち、少佐が小首をかしげて目を細める。

「こんなに美しかったとは。王太子が気に入るわけだ。夜盗の一味にいる男娼《だんしょう》だったのか。奴隷商人が東洋から連れてきた中国人かもしれん。東洋人の男娼は人気があるから」

「え……」

考えてもいなかった言葉に、悠羽は驚いて目を見ひらいた。

「ええ、あちこち痕跡が残っています。後ろにも性交時につけられたと思われる傷がまだ残っていますし、あの森で身体を売っていたのだと思われます」

身体を――――？

「そうなのか？」

真顔で問われ、悠羽は、違うと言わんばかりにかぶりを振った。

そのとき、浴室に低く反響する声があった。

「美しい男娼だ。今夜、私の夜伽を命じよう」

そこに現れたのは、アレシュだった。

アレシュは腕を組み、悠羽を見下ろしてきた。

青灰色かと思っていた彼の眸の色が、室内で見るとまた違う。

光の加減で深い紫色に見えるミステリアスな双眸をしている。

蠟燭の明かりが浴槽の水面に反射し、その映りこみ具合の違いで、アメジストのように見えたり、ラピスラズリのようにも見えたりするようだ。

「王太子殿下、恐れながら、このような夜盗仲間の男娼などおそばに侍《はべ》らせるのは」

「東洋人なら、暗殺者の心配はないであろう」

「もう一人の預言者候補の少年はどうなさいますか。どうせ夜伽にするならこちらのデニスをご指名されてはいかがでしょうか」

別の部下らしき男が小柄な茶色の髪の綺麗な風貌の少年を連れてくる。

年は十五、六歳の美少年である。聖歌隊のような服装をしている——と思ったとき、悠羽ははっとした。

（これは……タペストリーの二枚目の絵と同じ。じゃあ、まさか……）

少年合唱団のような衣服を身につけた茶色の髪の少年と裸体の少年の前に、悠然とたたずんでいる王太子アレシュ。絵のなかにもブリキの浴槽のようなものがあった。

預言者を選定しているときの絵をタペストリーにしたと説明されていたが、もしやあれは、今、このときの状況を描いているのではないだろうか。

毎日眺めていたので、どの絵もすみずみの細かなところまでしっかりおぼえている。

(だとしたら……)

悠羽は逸《はや》る気持ちに後押しされ、立ちあがってあたりを見まわした。

緊張と期待とに胸が震え、ドクドク……と鼓動が音を立てて脈打つ。もし本当に自分が『ボヘミア叙事詩』の世界に入りこんだのだとすれば。

一点に目を定め、悠羽はごくりと生唾《なまつば》を呑みこんだ。

「どうした」

アレシュの問いかけに導かれるように、悠羽は静かに手をあげて浴室の小窓を指さした。

眉をひそめ、アレシュはじっとそこを凝視したあと、くいっと使用人に目配せした。

暗がりになっている小窓を淡い蠟燭の光が照らす。

「小窓と鉄格子のすきまになにかいます」

使用人にうながされ、少佐が小窓を開ける。するとそこに今にも死にそうになっている白い小さな狼の赤ん坊がいた。

(やっぱりそうだ。あの絵のとおりだ)

では、今、ここで起きているのは、タペストリーの二枚目ということになる。

アレシュが王太子だったころ、預言者を選んでいるとき、小窓と鉄格子の間にはさまっていた真っ白な狼の赤ん坊を発見するという説明が書かれていた。

死にかけていた狼の仔。

その狼はペピークと名づけられ、大きく成長し、夜の森の狼たちのリーダーとなり、アレシュにとっての最高の護衛となる。

（一昨日、ぼくの会ったアレシュさまは、すでに王になられていた。タペストリーの九枚目の事件に遭遇されていたはず）

九枚目は、弟の裏切りにあい、銃弾を浴びて瀕死の重傷を負う内容だった。

しかし今、起きていることはタペストリーの二枚目。

だとすれば、これから三枚目や四枚目に描かれていたことが起きるということになる。

（これから起きる未来を伝えるべきなのか……それとも）

未来を伝えないほうがいいのか。

だが、伝えたところで、自分の言うことを今のアレシュが信じてくれるかどうか。

どうしたらいいのかわからず、途方にくれている間に、少佐が狼の赤ん坊を連れてきてアレシュの前に差しだす。

「それは？」

「狼の赤ん坊です。群れからはぐれ、どこからかまぎれこんだのでしょう」

「ずいぶん弱っているな」

組んでいた腕をとき、アレシュが手を伸ばして受けとる。

まだ目が開いていないが、アレシュの腕に抱かれたとたん、なにか気配を感じたのか、悠羽のほうにむかって、キュンキュンと鼻を鳴らし始めた。

「……っ」

何てかわいい赤ちゃん狼なんだろう。その様子に悠羽は顔をほころばせた。

「賢い狼のようだ。命の恩人が誰なのかわかっている。抱いてみるか」

アレシュは悠羽に狼の赤ん坊を突きだした。

抱いてもいいらしい。悠羽はおそるおそる手を出し、狼の赤ん坊を抱きしめた。

何て軽い。何てやわらかい。

きゅっと抱きしめたら今にも壊れてしまいそうなほどの小さな狼だった。

うっすらと白っぽい被毛が生えているのにお腹はまだつるつるとしている。

股間には小さな性器。オスのようだ。まだ歯も生えていないらしい。

小さな舌先でぺろりと悠羽の指先を舐めたあと、おっぱいと間違えているのか、口を窄め悠羽の指先をちゅうちゅうと吸い始めた。

「っ……んくぅ……んくぅ」

かわいらしく喉を鳴らして指を舐める小さな狼。

母親のおっぱいと間違えているようだ。両手で悠羽の指の付け根を押さえ、クンクンと声をあげながら懸命に食らいつき、ちゅぷちゅぷと吸ってくる。

「……」

ミルクが出ないとわかってがっかりしたのか、指から離れた狼の赤ん坊はきゅんきゅんと鼻を鳴らしながら悠羽の肩までのぼってきて、首筋に顔を埋め始めた。

ふわふわとした毛が悠羽のあごを撫でる。悠羽は手のひらでその背をあやすようにさすりながら、小さな額に音を立ててちゅっとキスした。

よしよしと声をかけたい。声が出ないのが哀しかった。

「狼で遊べとは言っていない。腹が減っているようならこちらでミルクを」

アレシュが狼の背を手のひらでつかみ、悠羽の首筋から引き剝がす。その瞬間、ぴゅーっと狼の股間から飛びでたものがアレシュの顔をぐっしょりと濡らす。

「……っ」

シンと静まりかえる浴室。使用人たちが蒼白になる。

アレシュの金髪からぽとぽとと雫《しずく》が落ちていく。使用人たちが呆然とするなか、少佐があわててアレシュの手から狼の赤ん坊を奪う。

「これは失礼を。すぐにこのものを不敬罪で処罰しますので」

「気に入った。生意気なオスではないか。狼の仔はこうでなければ。処罰など必要ない。それより獣医に診せろ。ミルクを与え、様子を見たあと、明日にでも私のもとへ」

「は、はい。寛大なご処置ありがとうございます。ではご命令どおりに」

少佐はうやうやしく跪き、狼の赤ん坊をタオルに包むと傍らに控えていた部下に仔狼をたくす。

悠羽は自分のそばにあったタオルを湯で濡らしてアレシュに差しだした。ふっと口元に笑みを浮かべてそれをうけとると、アレシュは髪と顔をぬぐった。

「私を怖れないのか」

そう問われても、声が出ないので返事ができない。けれどどうして怖れないといけないのか。それとも噂どおり、血に餓えた狼王子なのだろうか。

「不思議な男だな。どうしてあの狼が小窓にいるとわかった」

アレシュが問いかけてくる。

しかし答えようがない。

悠羽が困った顔をしていると、アレシュは目にもとまらぬ早さで腰から剣を引きぬいた。

空気を切り裂くような音がしたかと思った次の瞬間、悠羽の首の付け根に刃物の切っ先が突き立てられていた。

「……っ」

「言え、早く。この細い首など、ひとたまりもないぞ」

ひずみのある低い声に、悠羽の背筋に戦慄《せんりつ》が走る。首の皮膚ぎりぎりのところに感じる刃物の存在。

一ミリでも身じろいだら、たちまち喉が裂けるだろう。

悠羽は息を呑んだ。まわりにいる者は顔を引きつらせているが、アレシュを怖れているのか、止めようとはしない。ただ少佐だけが懇願するように言った。

「王太子……どうかお待ちを」

「邪魔だてするな。斬《き》られたいのか」

これがアレシュ王太子？

一昨日の優しくて気高かった彼とはまるで違う。物語のなかの彼とも違う。

呆然と目をみはる悠羽を冷たい青灰色の眸がまじまじと凝視する。

硬質な冷ややかさと、不吉さを孕《はら》ませた人を寄せつけないような酷薄そうな雰囲気が漂う。

一昨日のアレシュとはまるで空気感が違っていた。

「早く吐け。殺されたいのか」

冷たい刃物の切っ先がきりきりと皮膚に食いこみ、悠羽は全身を硬直させた。

淡い蠟燭の光がアレシュの顔に深い影を刻んでいる。

玲瓏《れいろう》とした美貌だ。だがその眼差しは綺麗に研磨された刃物のような鋭い光を放っている。

まだ首を掻き斬られてはいないのに、その眼差しによってすでに貫かれたような錯覚をおぼえてしまうほどだった。

本気だ。本気で斬る気でいる。

恐怖が背筋を震撼《しんかん》させたときだった。

廊下から聞こえてきた足音に、ほんの一瞬、アレシュが口元に冷徹な笑みを刻んだ。いや、冷徹というよりも、なにかを楽しんでいるような不敵な雰囲気の笑みだったかもしれない。

この笑みの意味は——？

眉をひそめた悠羽に気づき、アレシュが笑みを消して「きたか」と独りごとのように呟いたとき、廊下から線の細い一人の青年が飛びこんできた。

「兄上、どうかお待ちください。殺生はおやめになってください」

現れたのは、アレシュに酷似した一人の若い男だった。少佐と同じような軍服を身につけた金髪碧眼の、お伽噺に出てくる王子のような風情。

兄上……ということは、アレシュの弟。ではこの先、彼は兄を裏切るのか？

「お願いします、どうかこれ以上の殺生は……」

「ベルナルト、ではおまえが代わりに私の剣を受けるか」

アレシュはいきなりベルナルトという軍服の男に剣をむけた。

「兄上……っ」

とっさにベルナルトが腰から剣を抜いて受け止める。

そのまま勢いよくベルナルトが柄《つか》をひねって払いのけようとすると、アレシュは歪んだ笑みを浮かべて手から剣を落とした。

「やめた、つまらん。どうせ私が負ける」

「兄上……」

「軍人のおまえにかなうわけないだろう。私は剣も銃も下手だ。ついでに言うと、知性も劣る。一歳違いで、こんなにそっくりなのにおまえのほうが優秀だ。国民がおまえを支持するのもわかる」

「おやめください、自虐的なことを仰《おつしや》るのは」

「自虐？　本当のことだ。だが残念なことに……狼王の呪いがかかっているのは……なにもかも劣っている私のほうだ。天というのは無情だと思わないか」

肩をすくめて両手を広げたあと、しなだれかかるようにベルナルトという男の肩にもたれかかると、そのほおにキスをした。

「兄上……ご自身を卑下なさるくらいなら、次期国王にふさわしい王太子になるよう努力を。くれぐれも無駄な処刑や殺生で手を汚さないでください」

懇願するように言うベルナルトの言葉に、アレシュは不遜な笑みを口元に刻んだ。

「では、その言葉に従い、この者には、処刑の代わりに私の夜伽を命じる」

アレシュは悠羽に視線をむけた。

「あとで私の部屋に。デニスは司祭のもとで修行を。預言者となれるかどうか、今後のことは司祭に教育を任せる」

「兄上、夜伽のお相手が違うのではありませんか」

ベルナルトに同調し、少佐が訴える。

「ええ、王太子、恐れながら、夜伽の相手はデニスで。預言者と王位継承者との肉体的結合が国の平和を生む。この国の古くからのしきたりです」

「古くからではない、祖父と父が勝手に決めたしきたりだ」

「わがままをおっしゃらないでください。今、この国が大変なときに、あなたは近隣諸国や国民から何と言われているかご存じなのですか」

アレシュは艶やかに微笑を浮かべた。

「勿論、知っているとも。放蕩王子、残酷王太子、血に餓えた狼王……だったな？　どれも当たっている、ついでに、好色王子あたりを追加すれば完璧だ」

面白おかしく言うアレシュに、少佐がやれやれとため息をこぼす。

「情けなくないのですか。栄誉あるボヘミア王国の王位継承者ともあろうお方が」

「真実だ。実際、父上から鬼子と言われ続けた放蕩息子だ。政治にも戦争にも司法にも立法にも興味はないし、武芸もまったくできん」

「王太子……」

「だから少佐、おまえとベルナルトがいるのではないか。他にも、大臣、将軍、警察長官……。私はただ人狼たちを統率し、国の世継ぎを作ることだけに専念していればいいだけのお飾りのような存在だ。あ、ああ、あとは芸術の庇護《ひご》か」

「それだけではございません。預言者の言葉をお聞きにならなければ。戦争の行方も、政治の在り方も、預言者が吉凶を占うのがならわしになっております」

少佐の言葉にアレシュが鼻で嗤う。

「バカバカしい。占いなど下らん。政治も戦争も占いに頼ってどうする。それよりも、これまでの経験やおまえたちの頭脳で判断していけ。最終決定した書類を持ってくれば、最後に私が署名する。それでいいではないか」

「困ります、それではなにかあったときにどうなさるのです」

少佐が必死に訴えているが、アレシュは視線を窓の外に泳がせ、ふっと口元に艶やかな含み笑いを刻んだ。そしてとても冷ややかな声で投げやりに言った。

「そのときは滅びればいいではないか。どのみちここは夢の王国だ」

夢の王国？

悠羽は意味がわからずじっと彼の横顔を見つめた。

「では、この者をのちほど私の寝室に」

アレシュはくるりと背をむけて浴室をあとにした。

「困ったな、兄上があのていたらくでは。このボヘミア王国はどうなるのか」

ベルナルトの呟きに他の使用人たちはなにも言葉を挟もうとはしなかったが、目と目をあわせて肩をすくめている。

「残念ですね、現国王でさえ、ベルナルトさまこそ、王にふさわしいとお考えなのに」

少佐が同調すると、ベルナルトはやれやれと困ったようにため息をついた。

「しかし皮肉なことに、狼の呪いがかかっているのは兄上だけだ。人でありながら、狼たちをも従えられる者……それが国王になる条件だからな」

額に垂れた前髪をかきあげ、ベルナルトは悠羽に視線をむけた。

兄弟だけあってさすがによく似ている。先にアレシュと会っていなければ、この人がタペストリーに描かれた国王ではないかと思ってしまいそうだ。

「あの兄上にしては、おとなしそうな相手だな。東洋系がものめずらしいのかもしれないが……こんな可憐《かれん》な子が兄上の毒牙《どくが》にかかるかと思うと心が痛くなる」

悠羽のあごに手をかけ、まじまじと顔をのぞきこんでくる。

毒牙？

たかが男娼と思っている相手に、弟が心を痛めてしまうほどひどい人なのだろうか。

「もし困ったことがあったら相談してくれ」

やわらかな微笑に目を奪われそうになる。

美しさのなかに他人を突き放すような冷厳さをにじませたアレシュとは対照的に、華やかで上品な貴公子といった風情が漂う。

アレシュよりも年下のはずなのに軍服を身につけているせいなのか、彼のほうが老成して見える。

（こんな優しそうな人が……アレシュさまを裏切って……銃弾を浴びせるなんて）

そんな未来が本当に起きるのだろうか。

今、見たかぎりでは、凶暴そうに見えるのはアレシュのほうなのだが。

「兄上には奇行を慎むよう頼んでおこう。城で働く者たちにこれ以上不安を与えないようにと」

深々と息をつき、ベルナルトはそこにいる使用人たちに視線をむけた。

「きみたちにも言っておく。今はルテニア大公国との和平が控えた大切な時期だ。何としてもこの平和を保ちたいと思っている。だからどうかしばらくは兄がどんな無理難題を言ってきても目を瞑《つむ》って仕えて欲しい」

ベルナルトの言葉に、使用人たちが恐縮したように畏《かしこ》まり、口々と彼をたたえる。

「勿論です、ベルナルト王子の仰るようにがんばります。ああ、何て寛大な弟君でしょうか」

「あのような兄に対して、これほどのお心遣いをお見せになるとは」

「やはりベルナルト王子に国を継いでもらったほうが」

使用人たちの言葉も何となく理解できる。

鷹揚《おうよう》な物腰。使用人への気遣い。もしかするとこの人が伝説の王になるのではないか――と錯覚を抱きそうになる雰囲気だ。

（でも違う……この人が裏切るんだ、アレシュさまを）

タペストリーに記されていることがそのまま起きるのだとすれば――。


「――きたか。待っていたぞ」

裸体に白いガウンをはおっただけの姿で、悠羽は少佐に案内され、城の最上階にあるアレシュの寝所へと連れていかれた。

「ふたりきりにしろ。彼に夜伽をさせる」

窓辺の椅子に座り、アレシュは淡い色のワインを口にしていた。先ほどとは違い、白い夜着に濃い紫色のガウンをはおった格好で。

黒い円卓には明かりの灯された燭台《しょくだい》や筆記用具の他に、カットフルーツを詰めた蜂蜜入りのハニーワインのボトル。

ゆらゆらと揺れる燭台の火が、ボトルに詰められたプラムやチェリーの果肉を艶めかせ、淡いパープルピンクの蜂蜜酒を照らしている。

「王太子殿下、このような者に夜伽を命じてよいのですか。素性もわからない、口もきけない。見たところ、東洋から連れてこられた男娼奴隷にしか見えませんのに」

少佐に心配そうに言われても、アレシュは気にもしていない様子で、グラスのなかのハニーワインの香りを味わいながらさらりと返した。

「ちょうどいいではないか。男娼なら男娼としての職務に励ませればいいだけのことだ。それとも私に逆らうのか」

気にしていないどころか、楽しげに少佐を脅している。

「いえ……まさか」

少佐がかぶりを振るさまを、冷然とした眼差しで見つめ、アレシュはふっと口角をあげ、皮肉交じりの微笑を見せた。

上品で、妖しい笑みはとても蠱惑的だ。タペストリーに描かれた憧れのアレシュ王とはまったく違う人物に思えるが、それでも弟のベルナルトにはない支配者としての圧倒的な帝王としてのオーラのようなものを感じる。

「それから、ベルナルトに言っておけ。そんなに国王になりたければ、私に変わって狼の呪いをその身に受けてみろと」

尊大に命令され、反論できない様子で少佐が去っていくと、アレシュは椅子に座ったまま、悠羽に視線を定め、頭の先から足の先まで舐めるように見つめた。

「で、おまえだが……一体、何者だ」

知らない者に対する態度だった。

やはり一昨日のアレシュではない。彼はまだタペストリーでは二枚目のアレシュなのだ。預言者を選んだばかりの王太子時代の。

再会できたと喜んだ分、自分を知らないころの彼のところにきてしまったのだと思うと、心のなかを砂交じりの風が吹きぬけていくような落胆と淋しさを感じた。

これからどうなるのだろうという不安と、果たして彼が本当にその後英雄と呼ばれるにふさわしい人物になるのかという疑いとともに。

(でも……預言者を選ぶ場面も、あの狼の赤ん坊を発見したのも……タペストリーどおりだった……。だとしたらぼくが預言者になるのだろうか。デニスではなく……)

二枚目に出てきた預言者候補の少年ふたりのうち、ひとりがルテニアのスパイだった。

(今はぼくが疑われているけど、だとしたらデニスが？)

けれど何の証拠もなくそれを訴え、デニスが無実だったときはどうなるのか。

自分は物語の世界にいるはずだ。ただ思い描いていたものとは違う。その違和感にどうしていいかわからず悠羽は混乱して口を閉ざしていた。

「妙な顔をして。答えられないのなら書けばいい。そこのペンと紙を使って」

アレシュは書棚の前に置かれたテーブルに視線をむけた。

白い貝が埋めこまれた黒檀《こくたん》製の円卓に、羽ペンとインク、それから紙がある。悠羽は羽ペンをとり、そこにあった紙に自分の名前と日本出身だと書いた。

「小野悠羽……という名前か。国籍は日本。日本というのは……中国とは別の国か。東洋の果てにある国だな」

悠羽はこくりとうなずいた。

「奴隷として連れてこられたのか?」

かぶりを振り、悠羽は紙に続きを書いた。

——いえ、奴隷ではありません。祖父が美術の仕事をするために日本を離れたときに、一緒についてきました。一年前、祖父が亡くなり、その後は清掃の仕事をして働いていました。そのとき火災に巻きこまれ、意識を失い、気がつけばあの森に倒れていました。

そう紙に記すと、アレシュは小さく息をついた。

「この国で働いていたのか?」

——いえ、ぼくがいたのはここではない他の国です。多分異世界の……プラハです。

アレシュはそう記したメモを一瞥したあと折りたたみ、テーブルの上の蠟燭でそれに火を点けて、小さな皿の上に置いた。ぱちぱちと音を立てて紙が焦げて灰になっていく。

「異世界という言葉は禁句だ。口外するな、死ぬぞ」

誰もいないのに小声で、しかし絶対的な命令口調で言われた。

死ぬ？

どうして——と問いかけるような眼差しで悠羽はアレシュを見つめた。

「言葉どおりだ。異世界からやってきたなど口にするな、命がなくなる」

口にしようにも声が出ないのだからその心配はないのだが、異世界という言葉への異様な反応。なにか知っているのだろうか。

「で……これからどうするつもりだ。元の場所にもどれないのだとしたら」

悠羽はペン先にインクをつけ、紙に言葉を記した。

——帰れなくてもいいです。ここで清掃の仕事につかせてください。やれることなら何でもやります。働くところと眠る場所があれば満足です。信じてもらえるかわかりませんが、ぼくは決して怪しい者ではありません。男娼でもスパイでもありません。

と、書きながらも、改めて自分は怪しい者ではないのだろうか——と思った。

そうだ、そもそも違う世界からやってきたのだから。

悠羽から渡された紙を見たあと、アレシュはふっと鼻先で嗤った。

「何でもする……か。では奴隷として扱われてもいいのか？　従者たち東洋から連れてこられた奴隷だと思いこんでいるようだし、私としてもそのほうが都合がいいのだが」

奴隷————。

タペストリーには描かれていなかったが、『ボヘミア叙事詩』の伝説が記された本のなかには、奴隷の売買についても記述されていた。

（東洋から連れてこられた奴隷たちがいた……ということだけだったけど。ひどい扱いを受けていたのを見かね、アレシュさまが国王になったあと、彼らは解放され、国でそれぞれ職人として働くようになっていった……と）

今、アレシュは王太子で国王ではないので、奴隷になれば、彼がひどい扱いをしていると思うほどのことをされるかもしれない。

けれど彼はそれを止めた人物だ。ひどいことはしないはず。

伝説を信じ、悠羽は紙に言葉を綴《つづ》った。

——奴隷としてでもかまいません。清掃の仕事につかせてください。

悠羽の言葉に、アレシュは目を眇《すが》めた。

「わけがわからん、奴隷でもいいとは。プライドがないのか。奴隷扱いはイヤだと主張できないのか。わざわざ王太子が自室に招き、今後の相談にのってやっているのに」

確かに普通ならそうだろうと思った。

だが、プライドなど持ちあわせていない。

現実の世界では、奴隷ではなく、自由な人間ではあったけれど、働く場所も眠る場所もなかった。今と違って耳も聞こえなかった。

——プライドがどういうものかわかりませんが、ぼくは仕事と眠る場所があればいいのです。それがあなたの国であれば、これほど嬉しいことはありません。

素直に自分の思いを記した。

「私の国？　どうして。近隣から最低の国と揶揄《やゆ》されているのに」

アレシュはワインを口に含んだあと、片眉をあげて不思議そうに悠羽を見つめた。

――でもぼくにはボヘミア王国は憧れの国でした。人間と狼の共生する、美しい森と湖に囲まれたお伽の国。楽園のような場所として。

「楽園だと？　確かに森と湖はある。美しいとも思う。だが、それのどこがお伽の国なのか、私にはさっぱりわからん」

アレシュは投げやりに言った。

――ボヘミア王国のアレシュさま。狼王にして、人の王。あなたはぼくにとって夢のような存在でした。どこからでもいいので、あなたの治世を見届けられたら幸せです。

それが悠羽の本音だった。

（このアレシュさまは、ぼくの知っているタペストリーの王さまのはずだ。想像していた中身はまったく違うけれど、外見はそっくりだし、現実に起きていることも同じ）

先ほどタペストリーと同じように預言者の選定が行われた。それに小さな狼も二枚目のタペストリーに描かれていた場所にいた。

（ぼくがずっと願っていたように、なにかのドラマか映画みたいな奇跡的なことが起きて、この世界にこられたのなら……この方のお役に立てるかもしれないから）

残りのタペストリーには、ボヘミア王国の栄光や繁栄の他にも、アレシュへの暗殺未遂事件とクーデター、それから疫病の蔓延《まんえん》、狼たちの悲劇など、胸が痛くなるようなことも描かれている。

九枚目では、預言者と弟の裏切りによって銃弾を浴びて大けがを負う。

そして十枚目の悲劇的な死。アレシュ王か預言者か、そのどちらかが死ぬ。

（一昨日のアレシュさまがおっしゃっていたみたいに、ぼくが預言者になるのなら、この人を裏切ることはない）

あのタペストリー。十枚目の裏側にあった預言者の死。その結末を変えられないだろうか。

「わかった、明日、城にもどったあと、おまえに改めて仕事を命じよう」

アレシュの言葉に、悠羽はほっと息を吐いた。

これからどうなるのか、本当に預言者になるのかどうかわからないが、まずは生きていかなければいけない。

——ありがとうございます。がんばりますので、よろしくお願いします。

安堵《あんど》したせいか、うっすらと目に涙を溜めながら紙にそう記して渡そうとしたとき、悠羽ははっとして硬直した。

アレシュが冷ややかな眼差しで自分を見ていたからだ。

「やはりおまえが刺客か」

「……っ」

「ルテニアから男娼がスパイとして放れたという話を耳にしたが、預言者の振りができないとわかったとたん、奴隷でもいいなどと健気《けなげ》なことを言って宮廷に入りこむ魂胆だったのだな」

突然の言葉に悠羽はわけがわからず、目を見ひらいた。

「おまえが金を無心したり、地位をねだったなら、私も信頼しただろう。だが地位はいらない、奴隷でもいいからそばにいたいだと？　刺客かスパイか、目的は何だ、おまえの背後にいるのは隣国か、それともこの国の政治家か」

「……っ」

無欲すぎて、反対に怪しまれたのか。悠羽はあわててかぶりを振り、紙を手にとって、自分は刺客でもスパイでもないと記そうとした。

「言いわけをしても無駄だ」

しかしすかさず腕を引っぱられ、鏡の前に連れて行かれる。

「女に欲情しないことを知って、私を籠絡《ろうらく》するため、近づいてきたのか。この男娼が」

等身大の大きな鏡には悠羽をはがい締めにするアレシュの姿が映る。

「……っ」

そんな……。男娼なんてあり得ない。ましてやスパイだなんて。

違うと訴えたくて、何度も首を左右に振るが、アレシュは完全に疑っているようだ。

「艶やかな黒髪、中国の白磁のようなきめ細かな肌、今にも折れそうな儚げな体軀……。物憂げでミステリアスな黒い眸や、熟れたネクタリンのような官能的な唇。誘惑し、私を支配しようとしているのか。それとも私の秘密を隣国に伝えようと思っているのか」

「……」

あごをつかんでいた手を移動させ、悠羽の前髪を梳《す》きながら、アレシュはガウンのあわせを割って脇腹に手を滑らせてきた。

ひんやりとしたその手の感触に、動悸《どうき》がトクトクと大きく脈打つ。

「骨っぽく見えるが、なかなか綺麗で締まりのいい身体をしているではないか。吸いつくような適度な湿度と繊細な張り。抱き心地のよさそうな肉体をしている」

つーっと長い指に腹直筋のきわをなぞられ、悠羽は緊張に全身をこわばらせた。

「好みだ」

その低い声が耳朶に触れたかと思うと、アレシュの唇が襟足《えりあし》の髪を割ってうなじに押し当てられる。

そのあたたかな感触に、なぜかざわりと肌が震えた。

「……っ」

「初めての交尾は、おまえのような男がいいと思っていた」

初めてって……まさか。

大きく目を見ひらく悠羽を鏡越しに見つめ、アレシュは自嘲《じちょう》するように嗤う。

「残念ながら、私はまだ人の肌というものを知らない」

「――――っ」

そんな。気に入った役者たちと夜ごと淫らな時間を過ごしているという噂はウソなのか？

「信じられないのも無理はない。肉欲の塊のような悪評が流れているからな」

腹部をなぞっていた手が胸へとあがり、乳輪に触れる。爪の先で小さな乳首に触れられ、悠羽は緊張のあまり息を詰めた。

「ん……ふっ……」

指の腹で押しつぶすようにぐりぐりと嬲《なぶ》られ、その甘い刺激に驚き、悠羽は切なげに眉根をよせた。

「感じたのか」

鏡に映るそんな悠羽の顔を見ながら耳元で問いかけてくる。

「……っ」

恥ずかしさのあまり反射的にかぶりを振る。

その直後、つぅっと指の先で乳首を捏《こ》ねられ、腰のあたりに奔《はし》った痺れるような感覚に悠羽はとまどいを感じた。

アレシュに乳首を弄られるたび、なぜか腰が震えてしまう。それに刺激を求めるかのように、乳首はいつしかぷっくりと膨らんでいた。

「……っん……っ」

まだ人肌を知らないなんてウソだ。絶対違う。でなければ、こんなにもたやすくこちらの身体を熱くできるわけがないと思う。

乳首へのやわらかな刺激に、少しずつ頭がぼぉっとなってくる。もうじっと立っていられない。腰のあたりが疼き、足元から崩れそうになってしまう。

「ふ……っ……っ」

この奇妙な感覚は、あのときと同じだ。

一昨日、アレシュに抱かれたとき、こんなふうに胸を弄られただけで身体の芯がじわじわと熱くなるような感覚を抱いた。

「これまでこの身体を何人の男にひらいてきた?」

誰にも抱かれていない。アレシュにしか。けれど悠羽の皮膚には、元の世界で、未来のこの人に抱かれたときの痕跡が残っている。

「ここにもこちらにも、男に抱かれた痕がある。激しい性行為の痕跡だ」

ワイングラスに入っていたハニーワインを指に絡めたあと、ぐちゅっと悠羽の後孔に指を潜りこませてきた。

「ふ……っ」

ジンとそこが熱く疼く。アルコールのせいだろう。

「すごい反応だ。乳首も触れただけですぐに膨らみ、後ろも……狭くはあるが、私の指をすぐに呑みこむ。男に抱かれる悦《よろこ》びを知っている。つい最近まで誰かに抱かれていたな」

とろみのあるハニーワインの雫を借り、彼の指がぐちゅぐちゅと悠羽の内部をまさぐっていく。部屋には蜂蜜とプラムの甘ったるい香りが充満する。

「……っふ……ん……っ……」

熱を帯びた吐息が漏れる。声は出ないのに、甘ったるい響きで喉が鳴る。

「やはり男娼なんだな？」

ぐいと膝で足を割られ、悠羽は息を詰めた。

「く……っ」

この乱暴な態度。彼は自分と出会う前のアレシュだ。悠羽の存在など知りもしないころの。

ぼくを抱いたことがあるのはあなただけです。いえ、あなたであってあなたではないのですが、でもあなたしか知らないんです——という説明などしても伝わるわけはない。

「男娼なら男娼らしく、その手管で私を陥落させてみろ」

悠羽は怯《おび》えた顔で鏡のなかの彼を見つめた。

「どうした、正体がバレてショックを受けているのか」

かぶりを振り、悠羽は振り返ろうとした。しかし後ろから抱きしめられているため、まったく身動きがとれない。

「なにが奴隷でもいいだ。そんなことを望む人間がこの世にいるわけないだろう。私に近づき、なにをする気だった。言え」

「……っ…………っ」

声がまともに出てこない。喉からなにも。ただ呻《うめ》きのような音しか。

「今夜は満月だ。どうしても狼にならねばならない。相手が必要だ。おまえかデニスか、どちらかを交尾の相手に選ばなければならない」

「……っ」

どちらかを？　狼になるために？

（あのときも狼になっていた。交尾をしないと狼になれないと言っていたが）

狼王が狼の姿になるためには、つがいの相手との交尾——つまり性行為が必要なのか？

そんなことはどこの文献にもタペストリーにも書かれていなかったが。

どちらかひとりを選ぶ——。

少なくとも自分は男娼でもスパイでもない。

デニスがどうなのかはわからないが。

それに未来のアレシュ王が言っていたではないか。毎夜のように自分たちは肉を分かちあっている。魂を分かちあう相手となっていると。

「まわりはデニスを薦めてくる。だがおまえは王家の指輪を持っていた」

「——っ」

「王家の者しか知らないが、あれは夜盗に盗まれたものではない。城の畔《ほとり》にある湖に沈めたのだ。まだ子どもだったとき、狼の姿になって森の狼にあいさつに行ったときに」

一枚目の絵だ。確かにあの絵のなかで、アレシュは首から石榴石の指輪をさげていた。

「王位継承者にだけ伝えられているこの国の決まりだ。湖に消えた指輪、それを手にして現れた者こそが狼王の伴侶になると」

悠羽は驚いて目をみはった。

「そうだ。その証拠に湖面のなかに焰が見え、火に包まれるおまえの姿を見つけたとき、子どものとき以来、一度も狼にならなかった私の身体が一瞬だけ狼になった。そして……気がつけば、おまえが目の前に倒れていた。指輪を手にして。あれはどこで手に入れたものだ」

それならば、やはり自分が彼の伴侶なのだと悠羽は改めて確信した。

信じよう、自分が見てきたタペストリーに描かれてきた物語と、ここにいるアレシュを。

悠羽は息を吸い、じっと鏡のなかのアレシュを見つめた。

――あれはあなたからもらいました。

悠羽は鏡にむかってアレシュを指さし、あなたが自分にくれたというジェスチャーを示した。

「おまえにやった覚えはない」

「……っ」

確かにそのとおりだ。あれは未来のアレシュがくれたものだ。タペストリーでいえば九枚目のころのアレシュが目印にと悠羽に手渡したもの。

ああ、声が出るなら、そのことをすぐに説明するのに。

「狼にならなければ……狼王にはなれない。今夜は満月だ。病気の父王に代わって今回から狼たちの繁殖を見に行かなければ」

繁殖？

悠羽は小首をかしげて鏡を見つめた。

「さすがにこれ以上はごまかせない」

どういうことなのか。狼王なのに、彼は狼になれないのか？

（二枚目……人間としてのバージョンは彼が預言者を選んでいる場面だった。狼バージョンのほうでは、夜の森、湖の畔に狼の姿をした狼王アレシュが現れる場面だった。満月の夜に……）

では、今夜、彼は狼に変身できるはずだ。

「……っ」

悠羽はアレシュの手をつかんだ。そしてじっとその蒼い眸を見つめた。

身体をつながなければ、彼が狼になれないのだとすれば――。

アレシュの手を悠羽は自分の胸にそっと導く。さっき嬲られた乳首は、彼の指が触れただけで再びツンと尖《とが》っている。

ぼくを選んでください。

声にならない声で口を動かしていた。

なにを怖れる必要があるだろうか。大好きなアレシュ王。自分が思い描いていたイメージとは違うが、この人の物語が自分に生きる喜びや楽しみを与え続けてくれていた事実は変わらない。

これが神さまの悪戯か、自分の運命なのかわからないけれど。

「……っ」

悠羽は微笑し、自分の胸に移動させていたアレシュの手首をつかみ直し、その指先に自分の唇を押し当てた。

「……悠羽……？」

驚くアレシュを無視し、指先に何度もキスしたあと、狼の赤ん坊が自分にしたように、ゆるく唇をひらいて銜えこんだ。

ぼくを選んでください。そう言葉で伝えることができない代わりに、両手で彼の手を包み、祈りをこめて唇を窄めてその指を食《は》んでいく。

「ん……っ……」

そういえば、一昨日のアレシュはこんなふうにして愛しそうに悠羽の性器を口に含み、身体中が熱くなるまで唇や舌でかわいがってくれた。

先端の割れ目を舌先でつつかれたり、陰嚢を唇で食まれたり、亀頭を甘く噛まれると、恥ずかしいほどの快楽を感じて、悠羽の性器からは蜂蜜のような雫がとろとろとにじみでていった。

そのときのことを思いだしながら彼の指を銜え、ちゅぷちゅぷと音を立ててしゃぶっているうちに、皮膚が記憶している快感を思いだしてきた。

「ん……ふ……んくっ……」

「っ……やめろ……やめなさい」

アレシュが悠羽の唇から指をひきぬく。

悠羽の肩をつかんで動きを止めてふりむかせると、アレシュが眉間にしわを刻んだ険しい顔で問いかけてくる。

「そうではなかった場合は、おまえを殺さなければならないんだぞ。もし本当に男娼のスパイなら命だけは助けてやる。今夜のうちにここから出て行け」

え――――？

狼にならなかった場合？　それはない。彼は狼になる。一昨日の夜だって。

悠羽はもう一度微笑し、彼のガウンの襟に手をかけた。

大丈夫です、もしそうでなかった場合は処刑されたとしても。

なにも怖くない。失うものはないのだから。

（それに……やっぱりアレシュさまはとても素敵な人だ。噂とはまるで違う。残酷でもないし、放蕩者でもない。男娼のスパイかと疑いながらも……ぼくのことを気づかっている）

噂のような人ではない。その逆だ。

「おまえを抱けば狼になれる。そんな予感がする。出会ったときからどうしようもないほど欲情している。こんなことは初めてだ。ひとつ、どうしても解決していない謎があるが……己の野生の勘を信じるなら……伴侶はおまえだ」

アレシュはそう言って悠羽にくちづけしてきた。

「ん……っ……っふ……」

解決していない謎とは何なのか。わからないが、くちづけの濃密さに意識がぼぉっとして冷静に考えられない。

大きな腕が背にまわり、ぐいっと身体がひきよせられ、互いの胸がぴったりと密着する。ドクドク

と大きく脈打つ悠羽の鼓動に、小刻みに脈打つ彼の動悸が重なり、そこに体温が溜まっていく。

唇が離れ、とろりとした熱っぽい目で見つめる悠羽に、アレシュが問いかけてくる。

「抱くぞ。いいな」

その言葉にうなずいたと同時に、肩にかかっていたガウンがすとんと足元まで落ちていく。あらわになった下肢はすでに甘い蜜で濡れていた。

「おまえも……発情していたのか」

ふっと口元を歪めて嗤うアレシュに、悠羽はカッとほおが熱くなるのを感じながらも、こくりとうなずいていた。彼に抱きあげられ、ベッドに身体が投げだされる。

悠羽は目を閉じ、のしかかってきた男の背に腕をまわしていた。

アレシュとの、甘く濃密な時間の始まりだった。

4　王太子の正体

「——悠羽……悠羽……ありがとう、あなたのおかげで無事だったのよ」

どこからともなく聞こえてくる声。

白い薔薇やピンクのカーネーション。両手いっぱいの花束をかかえた女性が泣きながら、焼け焦げた階段の片隅にそっと花束を置く。

「激しい火災だったみたいだけど、防火シャッターのおかげで無事だったんだね」

今度は男性の声がする。

「でも……あの子が消えてしまったわ」

涙交じりの、その声の主はクラーラだった。

これまで一度も聞いたことがないはずなのに、はっきりとこの耳に聞こえてきた声がクラーラのものだとわかった。

彼女たちのいる場所は、いつも悠羽が清掃の仕事をしていた美術学部棟の地下フロア。

十枚のタペストリーが並べられ、今、まさに運ばれていこうとしているところだった。

「防犯カメラに、悠羽の姿が映っていたそうだな。防火シャッターを下ろしたあと、焔に巻きこまれるところまで」

クラーラに話しかけているのは医師だった。

「彼の遺体は見つかったの？」

「いや、なにも。骨が焼けてしまったなんてことはないと思うが」

「いいえ、きっと骨まで焼けてしまったのよ。小さな、今にも折れそうな身体をした華奢《きゃしゃ》な男の子だったもの。彼は大好きだったタペストリーを護って天国に逝ってしまったのよ。私のせいよ。ここでの撮影を許可なんかしたから、火災が起きてしまって……」

クラーラがうっすらと目に涙を浮かべ、肩を落としている。そんな彼女の肩に手をかけ、医師が慰めるように言う。

「きみのせいじゃないよ」

「彼、身寄りもなく、友達もなく、いつもひとりぼっちで……このタペストリーの部屋の掃除をしているときだけがとても楽しそうで……」

「いや、彼には恋人がいたよ。この絵にそっくりの綺麗な年上の男性で、互いにとても相手のことを大切に思っているような雰囲気だったよ」

「そう？　彼に恋人が？」

「ああ、あんなに幸せそうな彼は初めて見たよ。彼と幸せに暮らしているんじゃないいな。私にはそんな気がするが」

「じゃあ、火事から逃れられて恋人のところに行ったのかしら。それならいいんだけど」

どうしたのだろう。どうして彼らの姿が見えるのだろう。

自分はアレシュ王の国にきてしまったはずなのに。それとも、あの火事からあとのことはすべて夢で、あのまま天国に逝ってしまったのだろうか。


「ん……っ」

悠羽はうっすらと目を覚ました。

（ここは……）

チェコではなく、ボヘミア王国のアレシュの寝室のベッドで眠っていた。

夢を見ていた。

夢だったのは、ボヘミア王国にきたことではなく、プラハにもどってクラーラたちの姿を見ていたことのほうだったらしい。

もしあの夢が現実の世界のことなら、タペストリーが無事だったということになるが果たしてどうなのだろう。

(でも、今のぼくにとっては……ここの世界のほうが現実だ)

悠羽はベッドに横たわったまま、あたりを見まわした。

昨夜は意識を失うまでアレシュの腕のなかで乱れてしまったと思う。

『かわいいな、一見、慎《つつ》ましやかで清楚《せいそ》そうなのに、こんなに淫らで、いやらしいなんて……』

アレシュの声が耳に残っている。

思いだしただけで、恥ずかしさに消えてしまいたくなる。

でも昨夜は必死だった。

交尾をしなければ、彼は狼になれない。

狼になれなければ、彼は狼王として森のなかにむかうことができない。

それが彼を護ることにつながるのなら、自分は何でもする。

もしあのタペストリーの内容が間違っていて、向こうで会ったアレシュさまがここにいるアレシュさまでなかったとしても、可能性が少しでもあるのなら——。

そんなせっぱ詰まった思いと同時に、純粋に彼が好きだという気持ちから、羞恥やとまどいを捨てて、自分でも信じられないほど積極的に彼を求めてしまった気がする。

(本当に……二回目だなんて……思えないほどだった)

あれでは本物の男娼だと思われても仕方ないかもしれない。

そんな不安を感じたのは、体内で彼が爆ぜ、同時に自分も精を放ってしまったあとだった。

けれど性交の疲れに加え、それまでの緊張感からか、身体が急に動かなくなり、悠羽はそのまま朦朧としていた。

それでも、彼が窓を開けてバルコニーに出て行ったことだけは認識していた。

満月が降りそそぐなか、バルコニーで彼が狼の姿になったのだ。

そしてどこかへ消えていったことを何となく記憶している。

よかった、アレシュさまは狼になれたのだと、ホッとしたとたん、悠羽は深い深い谷底に落ちていくような、そんな眠りのなかに陥っていった。

そして今さっき、目が覚めたのだった。

「ん……」

明け方、まだ空が暗い。遠くに小さく月の姿が見える。

今夜は満月だ。

うっすらとひらいた窓から風がはいりこみ、カーテンがゆらゆらと揺れている。

少し肌寒い。窓を閉じようと思って起きあがろうとしたそのとき、ふっと外になにかの気配を感じた。

バルコニーに銀色狼の姿。もどってきたのだ。

狼王の姿で毛繕いしている。

ドキドキしながらシーツを肩までかぶり、ベッドのなかで悠羽はまるまった。

窓が大きくひらき、狼の姿のアレシュが室内にもどってくる。

（アレシュさま……狼になったアレシュさまだ……）

アレシュはベッドに移動し、悠羽を抱きかかえるように横たわって見下ろしてきた。

ふわっと、彼から森の木々と苔むした土の匂いがした。

「……っ」

起きようと思ったが、額や髪を舌先で舐めていく感触があまりにも心地よく、それに包みこまれたくて悠羽は目を瞑ったままじっと身動きしないでいた。

何だろう、このふかふかとした毛のあたたかさ。

すごく柔らかい。とても優しい。それでいて少しくすぐったい。

真っ白な雲海をたゆたっているような感覚、いや、甘くてふわふわの綿菓子の海に溺《そば》れているような幸福感に近いかもしれない。

けれど同時に淋しさのようなものを感じていた。

綿菓子が口内できゅっと小さくなって砂糖の粒になっていくような気持ちをおぼえ、どういうわけか胸が痛くなってくる。

ここで目を開けたら、綿菓子が溶けて消えるように、彼も消えてしまうのではないか、ふいにそんな不安を感じ、まるまったまま、悠羽は寝た振りをし続けた。

「悠羽……眠っているのか」

ぼそりと呟き、狼のアレシュは何度も悠羽のほおやこめかみの生え際を舌先でなぞっていった。

じっとその腕で悠羽の身体を抱きしめながら。

ああ、本当に何という心地のいい毛の感触をしているのだろう。

知らなかった、狼の毛がこんなにもやわらかで、こんなにもあたたかいなんて。

こんなふうに誰かと寄りそうのは、まだここにくる前、悠羽の世界にやってきたアレシュと身体を重ねたときだけだ。

あのときも幸せだった。

けれど今も満たされている。

このあたたかさ。この優しさ。

やはり彼のそばにいたい。そしてこれから起きる事件の数々から、少しでも護っていきたい。

十枚目のような悲劇が起きないように。

（もしも、もしもぼくが預言者になったら……アレシュさまを護る。絶対に裏切らない。アレシュさまを喪《うしな》うようなことにはならないようにがんばる）

そう、あの十枚目のタペストリーの裏側——預言者の死こそ真実のラストになるように。

そのために生きていきたい。その日のために。

それを許して欲しい。

そんな祈りをこめて眠った振りをする悠羽を、しっとりとした優しさで狼王が包みこんでいる。

そのぬくもりがあまりにも心地よくて、ふいに悠羽のまなじりから涙が流れ落ち、アレシュは舌先でそれを拭いとった。

「起きているのか」

耳元で問いかけられ、悠羽は静かに目を見ひらいた。

端正で美しい銀色狼。けれど額には、一筋だけ三日月の形に蒼い被毛が生えている。

タペストリーのなかにいた狼と、似ている。けれど少し違うような気もする。

悠羽は手を伸ばし、そのやわらかなたてがみに触れた。

大好きです。あなたのそばにいさせてください。

そういう祈りをこめ、悠羽は身体を起こして彼の額にそっとくちづけした。

唇に触れるふわふわとした毛が心地いい。そしてそのむこうにある彼の頭蓋骨《ずがいこつ》の感触、自分よりも少しだけ高い体温。そのなにもかもが愛しい。

その首に手をかけ、悠羽は彼のやわらかな被毛にほおをすりよせていった。

「悠羽……おまえは不思議なやつだな」

同じように悠羽の肩に手を置き、狼が鼻先や唇を耳元や首筋に近づけてくる。

「ふ……っ……」

くすぐったさを感じて悠羽が小さく吹きだすと、狼が強くほおをすりよせ静かに囁く。

「私のためなら何でもする、私のそばにいられるなら何でもする。その言葉を信じていいか。ウソや偽りはないな?」

「……」

真摯に尋ねられ、またスパイとして問い詰められるのだろうかと不安になりながらも、自分の心のまま悠羽はうなずいた。

「どんな目にあっても、その想いを貫くことができるか」

どんな目……というのがなんのことかわからない。

それでもアレシュのそばにいられるのなら、きっと自分は何でもできると思う。

できる、と、悠羽はうなずいた。

「私は……遠からずこの国の王となる。父王はもう間もなく天に召されるだろう。もう生きていくだけの力がないのだ」

アレシュは狼の姿のまま言葉を続けた。

「父にはベルナルトを始め、他にも王子がいるが、次の王は私でなければならない。王になる者は、狼に変身できる者と決まっている。神は狼たちに世界一美しい安住の地——ボヘミアの森という楽園を与える代わりに、人間と共存していくための、人狼をこの世にお創りになったのだ」

悠羽の髪を撫で、首筋にもたれかかるアレシュの肩に手をまわし、悠羽は話を聞きながら自分もその被毛に顔をゆだねた。

「ボヘミア王国の国民は……全員が人狼だ。ベルナルトもペトル少佐も警察長官も……」

悠羽は驚いて顔をあげた。

「人としての血が濃く出た者は狼の血を引きながらも狼として生きることはない。一方、狼としての血が多く出た者は狼として生きていく。狼王とその後継者は、双方の橋渡し——どちらの姿にもなれる唯一にして無二の存在でなければならない」

そこまで言うと、アレシュはくいと枕元に置かれた古い本に視線をむけた。

見ろ、ということなのだろうか。

悠羽は手を伸ばし、褪色《たいしょく》し、今にもばらけそうになっている本をひらいた。

数百年前の古いチェコ語だったのでさっぱりわからない。

見知った単語もあるが、知らない単語も多い。文法も違うような気がする。

呆然としている悠羽に気づき、アレシュは、そこに記されている言葉をわかりやすい今の言葉で説明してくれた。

今といっても、悠羽がいた場所とは時代が違うので、どうしてもやや古めかしく感じられるのだが、それはそれで風情があった。

「これは、私の世界とおまえの世界がまだつながっていた時代の話だ」

その昔、狼王はボヘミアの森で人狼たちの帝王として君臨していた。

戦争のない、平和な楽園の神、森の王として。だがキリスト教が浸透し、狼は悪の象徴、悪魔の化身と忌み嫌われるようになり、迫害されるようになっていった。

「狼王は、森の平和を守るため、そのあたりを領地としている侯爵家と契約を交わしたのだ」

狼王は、森の安全と恵みを侯爵家にもたらす。近隣諸国が攻めてきたときには敵を一歩も入らせないように森を護る。

その代わり、侯爵は教会から狼たちを護る。

「その契約と友好の証として、代々、侯爵家の令嬢と婚姻することを条件に、数百年、ボヘミアの森は平和を保っていたのだが」

狼姿のアレシュの言葉がそこで止まる。

続きを訊きたくて悠羽が視線を送ると、狼姿のアレシュは後ろから包みこむように悠羽を抱きしめ、ベッドに横たわった。

「狼王の特殊な力や、人間よりも寿命が長いことも加わり、不死の悪魔、悪魔の化身として人々が怖れるようになり、教会から侯爵家に狼王討伐の命令が出てしまった」

討伐――――。

「教会との関係を優先するか、狼王との関係を優先するか——悩んだ侯爵は、息子のルドルフに命じ、狼王を罠にかけて討伐させたのだ」

そして多くの狼が虐殺され、狼王も殺害された。

討伐隊を手引きしたのは狼王の妻——侯爵の妹だった。

愛する相手に裏切られ、愛する相手の甥《おい》に命を奪われた狼王は、最後の力を振り絞って彼らに呪いをかけた。まだ生まれたばかりの赤ん坊と、生き残った狼たちを護るため。

——呪い?

何度も呪いという言葉を聞くが、その意味がわからず悠羽はアレシュの顔を見あげた。

「それが始まりだ」

アレシュは切なそうな表情で続けた。

狼王は自らが盾になり、身命をかけてこの王国に結界を張った。

そして元の世界と行き来できないようにした。

彼の妻は息子とともに異世界に飛ばされ、狼王の甥のルドルフは狼の血を浴びた代償として新しい狼王として永遠に死なない人生を歩むことになったという。

「そのとき、異世界に飛ばされた息子が私の祖父だ」

その言葉に、悠羽は息を呑んだ。

そうだったのか。

今、彼の世界が悠羽の世界につながっているようでつながっていない異世界になっているのにはそんな理由があったのか。

「祖父の母、私の曾祖母《そうそぼ》は手引きしたことを後悔し、こちらの世界で自ら命を絶った。狼王の返り血とその妻の血を吸ったのがあの石榴石の指輪だ」

それがつがいの相手を探しだすという指輪。

「そして呪いは呪いを招いた。狼王が人間に呪いをかけた代償が後継者の身に降りかかってしまったのだ。勿論……私にも」

「……っ」

呪いとは何なのか。小首をかしげた悠羽に狼王は静かに呟いた。

「狼王でありながら、狼に変身することができないという呪いだ。交尾をしないと狼になれない。しかも自分だけではなく、さらなる呪いが……」

さらなる呪い……？

「おまえにかかってしまった」

声を出すことができないで目を見ひらいていると、狼の姿のまま、アレシュは横たわった悠羽の喉を押さえつけ、見下ろしてきた。

「だが呪いを解く鍵がある。それは――」

アレシュがそう言いかけたときだった。はっとした様子で言葉を止め、ベッドから下りる。

どうしたのだろうと思った。

すぐに彼の姿が人間にもどる。と同時にノックの音が聞こえてきた。

「アレシュさま、起きていらっしゃいますか」

少佐の声だった。

「おまえはここで寝ていろ。起きあがってくるな」

うなずいた悠羽を置いて、アレシュは戸口にむかった。ドアのむこうから、昨日の少佐の声か聞こえてくる。

「国王陛下のことで……すぐにボヘミア城におもどりを」

彼らの会話が聞こえてきた。

「もう……そろそろか」

「はい、預言者候補が見つかったと知り、ほっとされたとたん、意識を失われたそうです」

「わかった。ではすぐに支度をする」

「彼はどうなさいますか。男娼でなかったのなら、国王即位のとき、生《い》け贄《にえ》として、森の狼に捧げるのにちょうどいいと思いますが」

「私の前に男がいた」

「……っ。では……生け贄の候補にすることはできませんね」

「ああ」

「王太子時代であれば、愛人にしても問題はありませんでしたが、これから先は無理でしょう」

「わかっている」

「なら、森に捨て置かれるべきだと思います」

「いや、連れていく。預言者の候補として調べたい」

「彼も預言者の候補に？」

「デニスとともに、預言者かスパイか……或《ある》いは他の可能性があるかどうかを」

「危険です。口がきけない上に、異質な雰囲気の彼を見たら、司祭も重臣も悪魔の仲間として異端審問にかけようとする可能性があります」

「わかっている」

「それでもなお、プラーガに連れていかれる理由は？　なにかお考えがおありなのでは」

意味深に問いかける少佐の言葉にアレシュは静かにかえした。

「すべては調べが終わってからのことだ。とにかく彼をプラーガ城へ。私はしばらく行事で多忙になる。彼の調べはおまえに任せる、いいな」

「承知しました」


「――悠羽、おまえもボヘミア城に連行する」

その後、悠羽は荷馬車に乗せられ、首都にある城に連れていかれた。

白いパジャマのような衣服を着せられて。襟ぐりが大きくひらき、麻のスモックのような服に裸足《はだし》といった姿は、完全に罪人としてのものだった。

広大なボヘミアの森を抜け、プラーガ河のほとりをさかのぼり、百の塔と古めかしい中世のままの街に連れられていく。

（ボヘミア城のある首都プラーガ……明らかにここはプラハだ）

今とは少し違うものの、丘の上に建つプラーガ城はプラハ城とまるで同じシルエットだった。

遠くに見える二つの尖塔《せんとう》のティーン教会も、プラハ城の対岸にある墓地も、多くの彫刻が建っているカレル橋も、なにもかもが悠羽のいたプラハとそっくりである。

小高い丘の上に建ったプラーガ城の城塞《じょうさい》のなかにむかう。そこにある聖ヴィート教会も聖イジー教会も外観はそっくりだ。

「こっちにきなさい」

アレシュとは会うこともなく、少佐に連れられ、城内地下へとむかう。

到着した場所は罪人ばかりが収監されている地下の牢獄棟の一角で、上のほうに小さな窓がひとつだけある石造りの牢獄だった。

待ち受けていたのは黒い僧服を着た数人の神父たち。中央にたたずむ初老の男性は、悠羽を見るなり、十字架像をつきつけてきた。

「幸いあれ、マリア様。この悪魔の正体をどうか」

「主よ、どうか我々に祝福を。悪魔に打ち勝つ勇気を」

いきなり悪魔祓《ばら》いをされ、悠羽は驚いて少佐を見あげた。

まさか異端審問にかけられるのではないだろうか。

「先ほど、デニス以外に、もう一人、預言者候補の少年が見つかった。三人とも似たような雰囲気をしている。これからそれぞれ調べることになった」

「……っ」

「三人全員をそれぞれ審議する。ただの男娼なのか本物の預言者なのかスパイなのか、或いは悪魔なのか。ただの男娼だったとしても、アレシュさまの夜伽を申しつけていいか否か調べる必要が……」

少佐がそう言ったとき、ふいに窓の外から大きく鳴り響く鐘の音が聞こえてきた。

はっと神父たちが顔を見合わせ、十字架像を下ろして窓にむかって十字を切って祈りを捧げ始めた。同じように胸で十字を切り、少佐はぼそりと呟く。

「……国王陛下が崩御なされた」

では、アレシュがついに国王に……。

「しばらく喪が続く。彼の即位式までに、おまえたち三人が何者なのか調べねばなるまい。これはアレシュさまの命令でもある」

アレシュの即位式は、タペストリーの三枚目で描かれていた。

(あのタペストリーには、即位の様子が描かれていたけど、王冠を抱くアレシュさまの横に預言者の姿があった。デニスなのか、新しい一人なのか、或いは……ぼくなのか)

戴冠式《たいかんしき》の光景と一対になっている狼バージョンのほうには、狼に変身したアレシュの姿はなく、即位式を行っているプラーガ城の様子を、夜、ボヘミアの森の狼たちが遠巻きに眺めているという場面が描かれている。

人間のほうの四枚目は、王が湖畔の城を改築している様子。白鳥城という美しい城で、生涯のアレシュの安住の場となる場所だ。

狼のほうの四枚目は、狼王が狼たちの後継者にと、まだ小さなぺピークを紹介するシーン。

(三枚目、四枚目にはアレシュさまが国王になったばかりの華やかな場面、平和に貢献したところが描かれているけど……)

問題は五枚目と六枚目、それから九枚目だ。

五枚目はクーデターが起きる。王は暗殺未遂にあい、白鳥城に幽閉される。

六枚目は疫病の蔓延。人間にも狼にも。

しかし一転して、七枚目ではクーデターが鎮まる。一人の犠牲者も出さず、無血のまま国の混乱を救った図。狼たちの病気もアレシュが手を尽くすことで治まったと描かれている。

(このアレシュさまの姿に、何て素敵な国王なのだろうと思ったんだ)

悠羽のいた世界で彼の伝説が市民たちに愛されていたのも、そうしたところがチェコの英雄といわれているハヴェル大統領が行ったビロード革命によく似ているからだろう。

そして八枚目ではルテニアの大公女と婚約する。

だが九枚目では、弟に裏切られ、ルテニア大公の罠にはまってアレシュは銃弾に倒れる。

そして問題の十枚目。

(預言者の裏切りによって彼が死を迎えるか、或いは預言者が彼を助けて死ぬか)

暗殺未遂のことやクーデター、疫病や怪我のことを伝えたい。

未然に防げる可能性があるかもしれない。

そう思うのだが、悠羽は地下牢に閉じこめられたまま、朝と夕方に両開きの鎧戸《よろいど》の入った小窓から食事を渡されるだけで、そこから出ることはできなかった。

鉄格子と鉄の扉で閉ざされた牢獄は狭くて暗く、藁《わら》の詰まった薄いマットと古びたシーツが置かれただけのモルタルの寝台と、壁にうちつけられた洗面台があるだけ。

入れるのは初老の司祭と助祭。朝夕、食事の前に彼が聖水をもって現れ、祈禱《きとう》を呟き、悠羽の頭に聖水を撒《ま》いて出ていく。

スパイでも罪人でもなく、悪魔なのかどうか調べられているのがわかった。アレシュの父王の預言者だった男が最後に預言した言葉が原因らしい。

『真の預言者以外に、悪魔の使いかスパイが現れる』――という。

声が出ない悠羽は、預言をすることができない。スパイとも思えない。それゆえ悪魔の使いではないかと司祭たちは怪しく思っている様子だった。

少佐が懸念していたとおりだ。このまま魔女裁判にかけられる、アレシュの未来を伝える前に自分は火刑にされてしまう。

そんな恐怖を感じ始めた矢先、また唐突に耳が聞こえなくなり始めた。

「……」

こちらの世界にいれば、聞こえるものだと思っていた。だが、どうやらそうではないらしい。それに……それだけではない。だんだん体調が悪くなってきたのだ。

食事をしようとしても喉を通らない。起きようとしても起きあがれない。眠ろうとしても眠れない。それどころか目も見えなくなってきた。

寝台の上で動くこともできない。少しずつ視界も消えていこうとしている。もしかするとこのままここで朽ち果てるのかもしれない。

「悪魔の生んだ化け物め。やはり弱ってきたか」

司祭が現れ、悠羽の様子を確認すると、そう罵《ののし》る声が聞こえるか聞こえないかの音として耳に入ってきた。司祭の隣には少佐がいる。

「スパイか悪魔かどうか白状させようと思っていたが、こうも弱ってきているのをみると、その必要もなさそうだ。神の力の前に屈したらしい。悪魔の証拠だ」

「わかった。では祈祷は今日で終わろう。アレシュさまには悪魔だったと報告して終わり。それでいだろう」

悪魔。もうアレシュに会えない。疑われたままあの世に逝く？

悠羽は目の前が真っ暗になる気がした。

どうしよう。彼の力になりたかったのに。自分が預言者になれば、彼を裏切ることはない。だからそのためにも選ばれたかった。自分が預言者として彼を護って死ねば、アレシュの死という悲劇は起こらない。

（ああ、これではこっちの世界にきた意味がない。せっかく狼になったアレシュさまと心が通じたような気がしたのに）

それとも彼は気にいらなかったのだろうか。狼に変身する夜伽の相手にと選び、無事に狼に変身はしたが、父王の死とともに邪魔に感じるようになったのか、それとも他にもっとふさわしい相手を見つけてしまったのか。

（タペストリーのなかの預言者は……ぼくじゃなかったんだ）

なにか書くものが欲しい。せめて言葉を残したい。

「う……っ……うう……」

けれどどうしていいかわからない。ただただ胸の奥がきりきりと痛み、涙があふれてくる。なのに動くこともできない。

司祭と少佐が去ったあと、ベッドの上で少しずつ命が消えていくような感覚を抱いていると、ふいに、ペロペロと首筋を撫でる動物の感触がした。

「……っ！」

はっとして瞼《まぶた》を開けると、白い小さな生き物が悠羽の首筋に顔を埋め、そのあたりをいたわるように舐めている。

白い小さな狼。あの日、悠羽が発見した仔狼だった。

将来、ペピークと名づけられ、狼のリーダーになっていく運命の仔。

「……」

どこから入ってきたんだ、こんなところにきたら死んじゃうよ、と言いたくても声が出ない。

「あ……あ……っ」

必死に呟こうとする悠羽の様子がわかるのか、尻尾《しっぽ》を大きく振り、必死になってこちらの首筋に顔を埋めてくる。

「……ん……んくっ」

ほおをすりよせてくる小さな狼。

もしかして、助けようとしてくれているの？

仔狼の頭に手を伸ばすと、彼はうっすらと口をひらき、悠羽の指先をぺろりと舐めたあと、この前のようにまた指の先をちゅうちゅうと吸い始めた。

胸の奥にあたたかなものがこみあげてくる。

ああ、何て愛らしい。この仔に触れていると、力が湧《わ》いてくる。がんばろう、やるべきことをちゃんとやろうという気持ちとともに。そうだ、最期にせめて彼に伝えられることを伝えよう。

「……っ」

悠羽は小指を噛み、そこから流れる血で壁に文字を書き始めた。

シーツは駄目だ。悪魔が触れていたものとして燃やされる可能性がある。

壁ならばそれはない。

洗われる前に、せめて少佐の目に触れればアレシュになにか伝えてくれるかもしれない。タペストリーのなかで、彼は最後までアレシュに忠実だったと描かれている。だからせめて彼の目に触れるようにしなければ。

意識がくらくらとしている。ちゃんと書けるかどうか。けれどこれだけは伝えたい。でないと自分がここにきた意味がない。

まずはクーデターと暗殺未遂のことを。くれぐれも身辺に気をつけて欲しい。

クーデターが起きても、静観すれば必ず民衆はアレシュを求めてくる。あの八枚目のように。だから軍隊で制圧してはいけない。

それから人間たちへの疫病と、狼たちの狂犬病。

それを伝えたい。大勢の命がかかっているのだ、このことだけは。

滴る血を使って、必死に悠羽は壁に文字を書いた。

しかしその途中で、はっとして動きを止めた。

(そういえば、ぼくの世界にきたとき、アレシュさまは、ぼくは預言者になって彼と愛しあっていると言っていた。けれど……もしぼくがここで死んだら違う歴史になる)

だとしたら、ここは最初に思ったとおり自分の知っているあの伝説の世界ではないのかもしれない。

それならここになにか書いても意味はないのではないか。むしろ混乱を招いてしまうか、或いはやはり自分は悪魔の使いだったと思われるだけではないか。

「……っ」

ああ、どうすればいいのだろう。とまどっているうちに身体から力がぬけ、悠羽はぐったりと壁の前に崩れ落ちた。

きゃんきゃん！　とペピークが吠えているのが悠羽の耳にもぼんやりと響いてくる。

反応できないでいると、彼は悠羽の肩に手をかけ、ペロペロとほおや瞼を舐め始めた。

それでも悠羽が動かないので、さっきよりも大きな声で吠え始めた。耳が殆ど聞こえていないはずの悠羽でさえしっかりとわかるほどの声で。

「——どうした、何の騒ぎだ！」

あまりにペピークが鳴くので誰かが気づいたか、扉が開き、長身の男性が入ってきた。その声がなぜかはっきりと耳に響いた。

「しっかりしろ」

ランタンを置き、壁の前でくずおれている悠羽のもとに駆けよってくる。

うっすらとではあったが、それくらいは判別できた。

その腕に抱きあげられる。アレシュだった。

「大丈夫か」

耳が聞こえる。どうしたのだろう、彼に触れたとたん、徐々にではあったが、視界が明確になり、聴覚ももどってくる。

「聞こえるか」

耳元で響いた言葉。はっきりと聞こえてくる。薄暗いなか、彼の顔が見え、悠羽はうなずいた。

（そういえば……以前もこの人が近くにきたとたん、耳が聞こえるようになった。今回もだ。それに視界もよくなっている）

どういうことなのだろうか。アレシュがそばにいると、五感が冴《さ》え始める。

「……っ」

それに起きあがることも可能だ。

悠羽は仔狼を胸に抱いたまま、寝台に手をついて身体を起こした。

はっきりと、彼の姿を見ることもできる。神々しい金髪、紫がかった青色の双眸、二十歳過ぎくらいの若々しくほっそりとした長身の肢体に、あざやかなロイヤルブルーの軍服、ズボン、ブーツ、そして国王らしい緋色のマント。

「おまえがどんどん弱っていくので、司祭はおまえを悪魔憑《つ》きの化け物だと主張しているぞ」

明かりを傍らの台に置くとアレシュは腰に手をあてがい、尊大に話しかけてきた。

「……！」

「聖水をかけ、祈禱をしたために、弱りだしたのだと言っているが、それなら、私が近くにきたとたん、耳が聞こえたり、身体が動いたりするわけはない。私がいないと生きていけない生き物……それがおまえではないのか」

そうだ、もし聖水や祈禱が原因なら、こんなふうに彼がそばにきたくらいで回復しない。

（ぼくは……あなたのそばでなければ、生きていけないのですか）

それを尋ねたい。しかし喉から声が出ない。これだけはもともとの器官としての欠陥ではなく、火事が原因で喉を痛めてしまったから。

「あ……っ」

言いたいのに声が出ない。

その気持ちが伝わるのか、きゅんきゅんと腕のなかでペピークが鼻を鳴らしている。それでもアレシュには伝わらない。

「おまえをスパイではないと言い切れないのは、その声のせいだ。私がそばにいれば耳が聞こえ、声が出る——そのはずなのに、どうしてなにも話そうとしない」

「……っ」

ですから、これは火事で痛めて……と、悠羽は必死に壁に指でアルファベットを書いて説明しようとした。

「それでは駄目だ。五感が使えなければ……おまえを預言者にすることはできない」

「——っ」

「このままだと司祭がお前を悪魔だと判定する。そうなれば火刑だ。助けることは無理だ」

火刑……。

「或いは、ここでおまえを殺して、遺体を明日の戴冠式のときに国民の前に晒すか。悪魔を消滅させた国王として、国民が私を支持するという意見も出るだろう」

悪魔……悪魔として殺される。せっかく会えたのに。何の役にも立てないまま、これで終わってしまうと思うと涙があふれてくる。

「おまえから声が出ないと、悪魔という烙印《らくいん》が押される。私には助けられない」

「……！」

悪魔――。

嗚咽《おえつ》が突きあがってくる。手を握りしめ、悠羽は奥歯を噛んで、泣き崩れそうになるのを耐えた。

目を固く瞑って涙をこらえ続ける。

彼への憧れが生きる支えだった。毎日毎日タペストリーのなかにいる彼を見つめるだけだったが、その姿、その物語を本当に好きになってしまった。

ひとりで生きるしかない孤独感。異国で誰とも触れあえないひとりぼっちの毎日のなかで、そのタペストリーのなかの物語だけが、悠羽にとってはすべてだった。

その想いがあったからこそここにこられたのに、こんなふうに悪魔だと疑われ、殺されるしかないなんて。

悠羽は唇を噛み、仔狼を抱いたまま喉からあふれそうになる嗚咽を殺した。

「く……っ」

壁にかけられた割れかかった鏡には、自分の姿が映っている。

貧相で、頼りない風情の十八歳の東洋人。

その隣には神々しいばかりに美しく、凜々しい若き国王。

タペストリーのなかの国王を見あげ、あちこち汚れながら広いフロアを掃除していた自分を思いだす。まわりを綺麗にすればするほど自分が汚れていく。それでも嬉しかった。

彼のタペストリーのまわりがどんどん綺麗になるだけで、幸せだった。

ただ見つめているだけでよかった。

でもタペストリーの修復が終了し、もうそれもできないと哀しくなった矢先、火事が起きて、命がけで護ろうとしたとき、アレシュから渡された指輪に導かれるようにこちらの世界にきて――――。

（そうだ、ただ見つめるだけでも幸せだったのだ、ぼくは――――）

そう思ったとたん、心が静かになっていった。

声が出ないせいで認められず、怖くて哀しくて情けなくてどうしようもなかったけれど、よくよく考えれば、自分はここにこられただけでも幸せなのだ。

彼の声を聞くことができた、ぬくもりを分かちあうことができた、キスをして身体をつないで、狼の姿になった彼に抱きしめられた。

考えれば、それ自体が奇跡のようなことだ。なら、もう今のままでも充分幸せではないか。

それに、ここで自分が処刑されたら、未来が変わるかもしれない。

悠羽は壁に「デュクイーバーム、プロシィーム」というチェコ語を記した。

ありがとうございます、ではどうぞ。

そしてそのあと、悠羽はランタンをつかんで、自分が血の文字を記した壁を照らした。

暗闇のなか、煤《すす》けた壁に、真紅の文字で記した言葉が浮かびあがる。

アレシュは目を細め、壁に書かれた血の文字に視線をむけた。

「これは……」

信じてくれるかどうかわからない。

ただ伝えたかった。

にこやかにほほえむと、悠羽はランタンを枕元に起き、ペピークをアレシュに渡した。

ここにこられただけでも幸せだ。それにどうせ火事で死んでいた命だ。

「おまえはそれでいいのか」

「……」

悠羽はうなずき、微笑した。

そして最後にもう一度指を噛んで、シーツに文字を記した。

「ボヘミア王国とアレシュ王に幸あらんことを……」

そのとき、いきなり後ろからアレシュに抱きしめられた。

ぎゅっと強く胸に抱きこまれ、首筋に彼の吐息を感じる。あたたかさに包まれたその瞬間、どうしたのか、迸《ほとばし》るように悠羽の喉から声が出てきた。

無意識だった。まったく予期しないまま。声というよりは歌があふれてきたのだ。

旋律を口ずさむような形ではあったが、悠羽は『歓喜の歌』の一フレーズを歌っていた。

「Ja《ヤー》, wer《ヴエア》 auch《アウホ》 nur《ヌーア》 eine《アイネ》 Seele《ジーレ》 Sein《ザイン》 nennt《ネーント》 auf《アウフ》 dem《デム》 Erdenrund《エルデンルント》……」

悠羽を抱くアレシュの腕がぴくりと震える。

もう一度、悠羽は同じフレーズを口にした。

「Ja, wer auch nur eine Seele Sein nennt auf dem Erdenrund……」

どうしたのだろう、声が出てくる。

ああ、信じられない。けれど。

あのあと、図書館で調べた。歓喜の歌とドイツ語。

「Ich《イッヒ》 konnte《コンテ》 dich《ディッヒ》 nicht《ニヒト》 mehr《メエア》 lieben《リーベン》.」

悠羽はふりむき、アレシュの顔を見あげた。

ぼくはこれ以上ないほどあなたが好きだという意味のドイツ語だった。

「悠羽……」

アレシュは信じられないものでも見るような眼差しでじっと悠羽を捉《とら》えた。

「Ich konnte dich nicht mehr lieben.」

歌のフレーズとこのドイツ語しか知らない。これ以上ないほどあなたが好きですという言葉。

「私もだ」

思いをこめたような口調で言われ、悠羽は目を見ひらいた。

「え……」

今、何て——。

アレシュの言葉を聞き返すと、彼はかぶりを振り、冷静な口調で問いかけてきた。

「……声が出るではないか」

「え、ええ。出るようになったんです。火事で煙を吸って出なくなったけど、今、急に……」

ああ、声が出る。かすれてもいない。

「その歌はどうして」

「この歌……あなたが……あなたが教えてくれた歌です。ぼくの世界にやってきて……」

「おまえの世界に私が?」

悠羽はうなずき、彼が怪我をしてやってきたことを伝えた。

修復中のタペストリーが十枚そろったそのとき、突然、猟銃で撃たれたと言って現れたアレシュは、悠羽の血を輸血し、一晩、一緒に過ごした。

そして狼の姿になってもどっていった——と。

「狼の姿になったということは……まさかおまえを……」

「ええ……ぼくにはなにもかもが初めてで……」

「呆れた男だ、私というやつは」

自嘲するように言うアレシュが優しい笑みを浮かべているのが嬉しかった。自分の言葉を信じ、耳をかたむけているのがわかって。

「あなたがそのとき教えてくださった音楽です。子どものとき、聖歌隊で歌った曲だと。あとにも先にも人前で歌ったことがあるのはこれだけだと」

涙交じりにではあったが、あふれるように喉から声が出てくる。

「そのとき、あなたが魂を分かちあうという意味だと教えてくれた。ドイツ語というものを初めて知って……もし再会できたら伝えたいと思って、たったひと言だけ」

泣きながら言う悠羽の眦を指先で拭うと、アレシュは傍らにいたペピークを胸に抱いた。

「預言者……三人のなかのひとりは……おまえで正しかったようだ」

「え……」

「私の運命のつがい、私の一対の相手。呪いを解く花嫁」

アレシュは仔狼を抱いたまま悠羽の肩に手をかけ、抱き寄せてきた。

「アレシュさ……っ」

「私も同じ気持ちだ。Ich konnte dich nicht mehr lieben……」

愛しげにほおにキスし、悠羽の髪を撫でていく。

「おまえは私のかわいい伴侶だ……」

「アレシュさま……」

そのあたたかさに胸が詰まりそうになる。さっきはここにこられただけでも幸せだから、殺されてもいいと思ったが、こんなふうにされると、やはりぬくもりや優しさがとてつもなく愛しくて、手放したくないと思ってしまう。

「おまえをずっとさがしていた、おまえこそが預言者であり、私の真の花嫁になる者」

「……っ……どうして急に……」

「私がいないと生きていけない生き物。それが私の花嫁の条件だ」

意味がわからず、悠羽はじっとアレシュを見あげた。

「祖父の父親が人間にかけた呪いの話は……したな?」

「え、ええ」

「その呪い返しのため、狼王の子孫は、真紅の指輪をもって現れる異世界からの花嫁以外、伴侶にできない。こちらの世界の人間を狼王のつがいに選んでしまうと、寿命が尽きてしまうのだ」

「そうなんですか。ですが……大公女との縁談は……」

タペストリーのなかでは、アレシュはルテニアの大公女と婚約している。

「魂を分かちあう相手は預言者だけ。狼王の花嫁とするのは、真紅の指輪を持って異世界からやってくる者――狼王のそばでなければ自由に生きていくことができない相手、狼王の伴侶になるために生

まれてきた者だけだ」

「それが……ぼく……なんですか」

「生涯、私とともに暮らす覚悟があるなら。私の花嫁になれば二度と元の世界にはもどれないぞ」

「……」

二度ともどれない。

「ぼくはかまわないです。ですが……本当にぼくでいいのですか」

「おまえでないと駄目なのだ。異世界から私の世界に来られるのは王家の花嫁だけだからな。狼王がそばにいないと生きていけないという呪いがかけられている。どこか不自由な形で、生をなしてしまうらしい」

そうか。だから耳が聞こえなかったのか。

「呪いが解けないかぎり、おまえは私のそば以外で五感を得られず、生もまっとうできない。私は伴侶と交尾をしないと狼になれない。呪い返しがかかっていることは、側近たちも知っているが、その内容が交尾をしないと狼になれないこととは……王家の者以外誰も知らないことだ」

「よかった。では、お役に立てたのですね」

あなたが狼になれたということは。

「だから賭《か》けだった。私はこの前も言ったが、出会ったときからおまえに惹《ひ》かれている。だから抱きたかった。抱いたあと、狼になれる予感はしていた。だが、もしなれなかったとしても、相手はおまえがよかった。なぜかわからないが初めから惹かれていた。おまえが愛しい。愛しくてどうしようもない、こんな気持ちは初めてだ」

アレシュは悠羽のほおにキスしてきた。

呪い返しによって選ばれた運命の相手としてではなく、心から愛しいと思ってくれている。

愛しい……。そんなふうに言われると、うれしくて涙が出てきそうになる。

「だが私は自由に恋ができる立場ではない。狼になれない王は、自然淘汰《とうた》される。弟に王位を譲ったあと、狼になれない呪われし者として、おまえも私も死を賜《たまわ》る運命だった。もし狼になれなかったら死ぬ運命だったのだ」

「……っ」

知らなかった。そのことはタペストリーにも伝説にも描かれていない。

「もちろんおまえだけは逃がすつもりでいたが」

「アレシュさま……」

「だが、おまえが伴侶でよかった。おまえを抱いたあと、狼になれてどれほど安堵したか。正式に伴侶に選び、預言者としてそばに置きたかった。だがもう一つ壁があった。言葉の話せない者を預言者にはできない。だからおまえを試すような真似《まね》をした。すまない」

確かにそうだ。預言者とは、言葉を伝える者。神の言葉を聞き、それを人々に伝えるという役目である。

「これも賭けだった。おまえが私と離れると弱るのはわかっていた。いったんすべて五感を消し去ったぎりぎりのときに、五感が甦《よみがえ》る可能性があると思った。辛い思いをさせて悪かった。その上、こんなことまでさせて。すまなかった」

アレシュは悠羽の手をとり、血まみれになった小指を自分の胸のチーフで結び、その上からそっとキスをしてきた。

「アレシュさま、謝らないでください。五感が働くようになりましたし、あなたの真意もこれまで謎だったこともすべて解けて、これからの生き方が見えてきたのですから」

「悠羽……」

アレシュは強く悠羽を抱きしめた。ペピークごと愛おしそうに慈しむように。

あたたかなその胸。

アレシュは愛しそうに悠羽にキスしてきた。

「これから先も、私のそばにいると辛い思いをさせるかもしれない。おまえの命も狙《ねら》われるときがくるだろう。もちろん何としても助けるつもりでいるが」

噂とは本当に真逆だと思った。

アレシュさまは、残虐でも淫蕩でもない。

優しくて、弱くて……それでいて真摯な人だ。

今もさっきも、こちらを気づかい、なにかあったときは助けようと考えてくれている。

一国の王なのだから、そこまで気づかわなくてもいいのに。

けれど一人一人を大切にしようとする人だからこそ、王のなかの王、伝説の英雄になるにふさわしい人物なのだと思った。

「ぼくは未来の異世界で、あなたの物語にずっと憧れていました。あなたの世界にきて、少しでもお役に立てれば幸せだと思って」

アレシュの肩に手をかけ、じっとその眸を見つめる。

「愛しいなんて言ってもらえてとても幸せです。だって、ずっと片思いだったんですよ。タペストリーのなかにいるあなたに。だからこうして触れられるだけでもぼくにとっては奇跡のようなことで、夢のように幸せなんです。その上、愛しいだなんて言われたら、幸せ過ぎて怖いくらいです。一生分の運を使い果たしたんじゃないかって思うほどです」

必死に言う悠羽の言葉に、アレシュはやるせなさそうに目を細めた。

「どんな危険が待ち受けているかわからないんだぞ」

「そんなこと。それよりも反対に危険なときにお役に立てるんです。ぼくとあなたは同じ血液型をしているんです。同じでないと、血が流れたときに輸血できないんです。とても珍しい型だと聞いています。だからあなたにもしものことがあったときは……」

「前向きなやつだ。そんなふうにすべていいこととして考えるとは。重いものを背負わされることになるのに」

前向き……。そうなのかもしれない。

「あなたに会うまで、ぼくは耳も聞こえなかったし、人と話もできませんでした。人と話すのを怖れていました。臆病《おくびょう》で……内気で……ただ部屋を綺麗にする仕事しかできない、誰からも必要とされていない人間だったんです。そんなぼくを必要としてくれている人がいて、その人がぼくにとって初恋の相手だなんて、幸せすぎて申しわけないくらいです」

「私が狼になるため、夜伽をするためだけの人生を幸せと思うのか」

アレシュの質問に、悠羽はうなずいた。

「あなたのお役に立てるなら、すべてはぼくの喜びです」

そのとき、悠羽の耳にふと彼の心の声が聞こえてきた。

『本当に何でもする覚悟があるのか。私の呪いを本当の意味で解く最後の扉を……おまえならひらくことができるかもしれない。だが……』

「あなたの呪いを解く最後の扉とは……何ですか？　どうすれば」

悠羽の問いかけに、アレシュはひどく哀しそうな顔をした。

「心の声が聞こえたのか。さすが私の花嫁だ」

呆れたように微笑し、アレシュは悠羽の背をペピークごと抱きしめた。

「だが、まだ時期ではない。戴冠式の場でおまえを預言者として紹介したあと、次の春、イースターの時期までは父の喪に服す。そのあと、正式におまえと婚姻を行う。それまでは私とともに森の奥の白鳥城に住むように」

「森の奥の白鳥城？」

「私が放蕩王太子といわれていた原点——私が建てた純白の白鳥のように美しい城がある。私の夢の世界、私がこういう世界を造りたいと願って建てた城。そこに入れるのは、私が認めたものだけ。そこでこのペピークを育ててくれ」

やはり自分の思っていたとおり、アレシュはこの仔をペピークと呼んでいる。タペストリーに出てくる彼の護衛ペピークは、この狼なのだ。

「ペピーク……」

「ああ、そう名づけた。この仔狼は、狼のリーダーとして、この国を栄えさせてくれる。これが春には成人するだろう。そのときまでおまえが育てるのだ」

そう言いながらも、彼の本音のような声が聞こえてくる。

『栄えなくてもいい。いっそこんな国……消えてくれたほうがいいのだが』

その言葉に、悠羽は息を呑んだ。

「あなたは……滅ぼしたいのですか、この国を」

「やはりおまえには私の心の声が聞こえてしまうようだな」

「一瞬だけです」

「もう疑いようはないな。おまえは伴侶として、私とともに生きていく。私は王となり、この王国を護っていく。それが運命だ」

ふっと歪んだ笑いを浮かべると、アレシュは立ちあがった。

「戴冠式で紹介したあと、白鳥城でその子を育てろ。おまえが母親だ」

5　預言者として

翌日、重臣たちや国中の貴族が集まり、アレシュの戴冠式が行われた。

中世の時代のまま残っているプラーガ城の敷地のなかにある巨大なゴシック建築の大聖堂で、大司教がアレシュの頭上に王冠を与える。

光輝くような彼の金の髪に、天然の真珠や石榴石で飾られた金色の冠《かんむり》がかかげられる。

紫がかった青色の双眸、長身の肢体にあざやかなロイヤルブルーの軍服を身につけた若き国王にマントと笏《しゃく》とが渡される。

折しもステンドグラスから光が降りそそぎ、虹色《にじいろ》のプリズムのような光のスポットが彼を浮かびあがらせていく。

若々しく、麗しい新しい国王の姿は神々しいばかりに輝いていた。

大司教のラテン語での儀式が終わると、荘厳なパイプオルガンの音色が響きわたり、聖歌隊が国歌を歌いあげていく。

厳かで、神聖な戴冠の儀式。

自分がその場にいられることに、不思議を感じながらも、預言者として恥ずかしくないよう、アレシュ王の側近にふさわしいよう、悠羽は凛とその場にたたずみ続けた。

白いタイつきのブラウスに焦げ茶色の上着、それから同色のズボン、上品な革の靴……と、悠羽は昔の貴族のような服装を身につけていた。

「生まれながらの貴族のような美しさですね。預言者となられたからには、アレシュさまをどうか支えていってください」

少佐が隣に立ち、そっと話しかけてくる。

「身命に変えてもお護りします」

「たのもしいお言葉です。ありがとうございます」

若く凛々しいペトル少佐は、この日、宰相に任命された。

この先、たとえどのような重臣が裏切ったとしても、彼だけは裏切らない。タペストリーのなかでそう記されていた。

「よかったな、預言者になれて」

次に話しかけてきたのは、王の弟ベルナルトだった。

次期、王位継承者として彼が王太子についた。アレシュに子供がいないからだ。

(でも……伝説どおりにいくと、この人が王を裏切ることになる)

一応、アレシュにはその旨は伝えてある。今後、アレシュがどのようにするのかはわからないが、それ以上のことは彼に任せるしかない。とどこおりなく戴冠式が続いていくなか、殆どの者が悠羽のことをうさんくさく思っていることに気づいた。

「大事な我が国の預言者をあんな異国の青年に任せていいのか」

「しかし残りのふたりは、ルテニアのスパイだというのがわかった」

重臣たちの会話が聞こえてくる。デニスと新しく発見されたもう一人がルテニアのスパイだったというのは、戴冠式の前にアレシュから聞かされた。

本来なら処刑されるところであったが、戴冠式の祝賀を血で汚したくないというアレシュのたっての願いもあり、投獄されることになったとか。

(しっかりしなければ。彼を護るためにも……ぼくがしっかりしていかないと)

自分が預言者になるなど、最初はそんなおこがましいことを本当は望んではいなかった。

城の清掃でもできれば幸せだと思っていた。

だが、あの十枚目の未来——悲劇的な死から王を護るため、自分が預言者となって彼を護るために生きていこうと思った。

王の死か、預言者の死か。それがこの物語の最期となるならば。

「――疲れただろう、腹は減っていないか」

戴冠式のあと、控え室にもどると、アレシュは使用人たちに軽くとれるような食事をテーブルの上に並べさせた。

「おまえは晩餐会《ばんさんかい》には欠席する予定だったな。悠羽、食事はどうする。なにも食べていなかっただろう、なにかつまみなさい」

白手袋をはめながら、アレシュが優雅に問いかけてくる。

「あ……いえ……大丈夫です」

悠羽は淡く微笑した。

考えれば空腹だった。けれど気になるほどではなかった。

それにしても、戴冠式を終えたばかりで、このあと、一晩中、晩餐会に出席しなければならないというのに、わざわざ自分のことを気にかけてくれる彼の優しさが嬉しかった。

「駄目だ、そんなに痩せて。顔も真っ青ではないか。グラーシュでも運ばせよう」

グラーシュというのはチェコの名物料理で、牛肉を煮こんだビーフシチューのようなものである。この世界でも食べ物は同じらしい。

「あ、いえ……グラーシュは……。パンをかじるくらいしか、今は。とにかく今日は緊張して胸がいっぱいなのです」

アレシュは軍服の襟をゆるめて、大きく息を吐いた。

「悠羽、それでは体力が持たないだろう。ウトペネツか、トラチェンカ、それともスマジェニーシール辺りを運ばせよう」

酢漬けのソーセージか、酢漬けの肉のゼリー詰めか、チーズの揚げパン風味か。

「本当にそんなにたくさんのものは」

「遠慮するな。全部食べろ、用意させるから」

アレシュが言いかけたそのとき、背後から女性の笑い声が聞こえた。

「アレシュさま、預言者の方、いらないって言ってるのよ、どうしてわからないの」

振り向くと、戸口にプラチナブランドの美しい女性が佇んでいた。

豊かな髪を腰までたらした女性が悠羽に近づいてくる。

「初めまして。私の名はタチアナ。あなたがアレシュさまの預言者の悠羽ね」

「あ、はい」

「この子にこれからアレシュさまの夜伽をさせるのですね」

青と白の絹タフタであつらえたエレガントなドレスにレースのショールをはおった彼女はにこやかにほほえんだ。

「そうだ。なにか問題でも?」

「いえ……いいのではありませんか」

何だろう、ふたりとも笑顔で話をしているが、どこか会話が刺々《とげとげ》しい。

「それでは私はこれで失礼します。あなたの愛人の顔を見にきただけですので」

タチアナと名乗った女性が去っていく。

「あの……今の御方《おかた》は……」

「ルテニア大公女……おまえの預言だと、将来、私が婚約する予定の女性とは彼女のことのようだな」

「彼女……え、ええ、タペストリーの八枚目で婚約していました」

あれがルテニアの姫君……。タペストリーのなかで、アレシュ王は美しい金髪の姫君と結婚していた。つまりそれが彼女。しかし彼女とむつまじく家庭を築いたという描写もなければ、子どもが生まれたという伝説も耳にしたことがない。果たして、この先、どうなっていくのか。


翌日、アレシュに連れられ、悠羽はプラーガ郊外のボヘミアの森のなかにある白鳥城へと連れて行かれた。

彼がいないと生きていけない生き物。確かにそうだったのかもしれない。アレシュの横で馬車に揺られながら、悠羽はそんな実感を抱いていた。彼のそばにいると、なにもかもがあざやかに見え、風や川の音さえ聴くこともでき、あまつさえ食欲も出てきた。

「これは、この国の名物料理だ」

そう言ってさっき渡された、チーズのかかった苺《いちご》の蒸しパンをぺろりと平らげてしまった。

ふだんの小食な自分では考えられないことだ。

「チーズが口元についているぞ」

悠羽のあごに手を伸ばし、チーズのかけらをとって口内に押しこんでくる。アレシュは城にいたときと違ってとても楽しそうだ。

「しばらく宮廷をこちらに移す。白鳥城の改築を行う予定だ」

白鳥城の改築。このことはアレシュに話していなかったが、やはりタペストリーどおりに話が進んでいる。

「しばらくふたりで過ごそう。狼たちの繁殖のシーズンの間、私は狼王として、彼らの領域に毎夜顔を出さなければならない」

「あなたが狼王で、ルテニアは虎でしたね」

「ああ、ルテニアはアムールの森の虎を支配している。他にもゲルマニアという国が渓谷のクマを支配している。この三国は……昔からそれぞれの国を象徴する野生動物と共存していた」

「では、タチアナ姫は、虎の化身なのですか」

「そうだ、虎になったときは、私など一咬《か》みだろう」

想像したとたん、笑ってはいけないのに、つい笑ってしまった。

「何だ、その顔は」

「ごめんなさい、おかしくて笑ってしまいました。綺麗で、怖そうな虎という感じがあまりにもイメージどおりなので。でもあなたを一咬みだなんて」

「多分な。野生動物の世界では、虎のほうが狼よりも巨大ではないか」

「え、ええ」

「変身したところを見たことがあるが、実に凶暴で、美しく、そして野性味にあふれた虎だった。彼女と私が婚約するのだとすれば、国のために必要なことからだろう。虎と狼との間の交配はあり得ない。そもそも私は女には興味がない」

「だから……ですか？　伝説のなかにあなたと大公女の間に子がいるという描写がないのは」

「私はその伝説を知らない。おまえから聞きかじりだ。城に着いたらじっくり伝説の中身を教えてくれ。預言者として」

「はい。そらんじられるほど記憶しています。あとは、仏典に出てくる虎のお話も」

「虎の話だと？」

「ええ、日本……ぼくの生まれた国は仏教の国で、虎にまつわる物語がたくさんあるのです。虎は仏教で、狼は神道で……日本では双方とも瑞獣《ずいじゅう》となっていました」

「狼が瑞獣か。キリスト教社会では、悪魔の化身として忌まれているのだが……おもしろい。虎と狼の話も聞かせてくれ」

「はい」

それぞれの国がどうやって生き物たちと共生しているか耳にしながら、悠羽はいつのまにか馬車の揺れに身をゆだね、うつらうつら眠っていた。

「着いたぞ」

アレシュに連れられ、プラーガから馬車で何時間揺られただろうか。

ボヘミアの森の奥に、あざやかな月の光に照らされた白亜の城がそびえ立っている。

優美な夢の城。まるでミュンヒェンのむこうにあるドイツ一の観光名所ノイシュヴァンシュタイン城のようだというのが第一印象だった。

現実のプラハの郊外に、あれと同じような城があるわけない。

門が開き、なかに入ると、黄葉に包まれた庭がふたりを迎える。

タペストリーからでもボヘミアの森がどれほど美しかったか、理解できるような気がしていたが、実際に目にすると、本当に何という美しさなのだろう。

上空には煌々《こうこう》とした月。黄色い白樺と赤い楓《かえで》、それに黒々とした唐桧とが対照的に建ち並ぶ姿は、自然が織りなす美しいモザイク画を見ているようだった。

ひんやりとした風が吹きぬけるたび、かさかさと音を立てて落葉が舞い落ちていく。

瑞々しい季節が終わって秋になり、もうすぐ冬になるのだという晩秋の光景が森に広がっていた。

やがてこの森は純白の雪に覆われ、また春の息吹に包まれるのだろう。

つかの間の静けさが満ちているように感じ、神聖な気持ちになってきた。

「素敵な城ですね」

「おまえは、ここでペピークの世話をしろ。この城は私とおまえのものだ」

なかに入ると、内装はお伽噺の神殿のようだった。

ゴシック、ルネサンス、バロックを思わせる内装の数々。

すべての調度品がボヘミアングラスで統一され、ギリシャ神話を描いたような部屋があったかと思うと、タンホイザーやローエングリンといったドイツの伝説をイメージした内装の部屋もあった。

「ここには、我々が結界を張ったことで行くことができなくなった時空のむこうの世界を再現した部屋がある」

ギリシャのアテネのような部屋、ヴァチカンのシスティナ礼拝堂のような部屋、それからスペインのアルハンブラのような部屋……。

「世界とのつながりがもどる可能性があることを信じ、この城を造ったのだが、意味がわからない従者たちは、私をおかしな遊び人と陰で悪口を言っている。あまつさえ弟までも」

自嘲気味に言うアレシュの言葉に、悠羽はなるほどとうなずいた。

(ああ、だから放蕩王子と言われているのか)

最上階まであがってくると、月に照らされたボヘミアの森が一望できた。

森は静かに存在するだけのように見えるが、最上階からのぞんでいると、この土地がとても神秘的で、長い歳月をゆったりと生きてきたような、無窮《むきゅう》の時間の流れを感じる。

城の横に広がる湖は、水晶のように深く澄み、月明かりを浴びていると湖底まで透きとおって見えた。あれが悠羽の世界とつながっている湖なのだろうか。

白樺の原生林が水辺まで迫り、その横には古めかしいロシア正教風の十字架や古代の宗教神殿のような建物が残っている。

そのとき、ふいにアレシュの心の声のようなものが聞こえてきた。

『あれが狼王と伴侶とがつがいの儀式を行う場所。呪いを解く鍵。あそこで古代の神、森の神の前で結ばれることができたら……』

教会ではなく、あそこで?

心の声のようなものだったので、悠羽は問い返すのをやめた。彼がまだ言えないなにか、言いたくないなにかがそこにあると思ったからだ。

(つがいの儀式……呪いを解くためのもの)

一体、どのような儀式なのか。たとえどのようなものでも受け入れようと思っていたが、その前に自分はやることがある。そう思い、悠羽はアレシュに話しかけた。

「アレシュさま、預言者として、未来を知る者として、ぼくはこの先のことをすべて語っていってもいいでしょうか」

バルコニーの手すりに手をつき、悠羽は隣に立ったアレシュの横顔を見あげた。

「未来を知る必要が……あるのか」

目を細め、アレシュが悠羽のほおに手を伸ばしてくる。

「あなたに未来を伝えなければ、ぼくがここにいる意味がなくなります」

「意味など必要ない。未来などわからなくても、ただ大切な存在として私のそばにいてくれればそれでいいんだぞ」

苦笑しながら言って、悠羽のあごに手をかけ、アレシュがほおに唇を押し当ててくる。

そのくちづけ同様に、彼の言葉は何てあたたかいのだろうと思った。

これから起こることをあますことなく伝えたい、そのために自分は存在しているのだという悠羽の気持ち。彼はさらにそれをもっと大きな愛情で包みこんでくれている気がする。

そんな存在意義などなくても、ここにいればいいのだよ——と。

「ありがとうございます。お心がとても嬉しくて……もったいなくて泣けてきます」

悠羽の眸に涙がにじむ。こみあげてくる熱い思いに胸が痛くなる。彼と一緒にいればいるほど日増しにその痛みが増していく。切なさという甘い痛みに。

「でも少しでもあなたにお役に立ちたい。だから未来を伝えさせてください」

「おまえは謙虚なやつだ。そこがどうしようもなく愛しいのだが、せっかくだ、おまえがいいと思うことを語ってくれ。おまえの知っているものがどんな伝説なのか」

どんな伝説なのか。自分はこれを語るためにここにきたのだ。彼の恐ろしい未来を変えるために。

そんな実感をおぼえながら、悠羽は口をひらいた。

「そのタペストリーには――」


一枚目、二枚目、三枚目、そして四枚目、五枚目と、悠羽はタペストリーに描かれていることを順番に描いていった。美術学校に通っていてよかった。記憶に残るまま、彩色をしながら、A3ほどのサイズのノートに一枚ずつ、そっくりそのままタペストリーの内容を描く。

森に囲まれた城のテラスでペピークと並んで座り、絵を描いていると、自分も狼の眼差しで、この世界を見ているような気がしてくる。

風が木立を吹きぬけるたび、さわさわと鳴り響く森の音。

見あげると、森の木々にじっと自分が見下ろされている気がしてくる。

木立から漂ってくるブルーベリーの実の香りや秋の香りをさせるクランベリー。

「ありがとう、ペピーク」

じっと絵を描いていると、熟したブルーベリーの実をペピークが集めてくる。一粒つかんでペピークに食べさせていると、そこにアレシュが現れ、蜂蜜酒のグラスにブルーベリーやクランベリーを浸し、悠羽に薦めてくる。

「少し手を休めて、食べろ」

蜂蜜の甘みを含んだブルーベリーを唇の前に突きつけられ、小さく唇を開けると、くいっと口内に押しこまれる。

アレシュはこんなふうに悠羽になにかを食べさせるのがとても好きだ。牢獄にいたとき、なにも食べられずに弱ってしまった悠羽を抱きあげた際の身体の軽さが忘れられないらしい。今ではこんなにたくさん食べられるようになったのに、ことあるごとにいろんなものを食べさせようとする。

「どうだ、ボヘミアの森の味は」

「甘くて……怖いです」

彼がくれるおいしいものが口内で溶けてしまうのが怖い。

最初に音というものを耳にしたときと同じように儚く消えてしまうものが今もまだ慣れないのか、甘くておいしくて、それを感じるのがあまりにも幸せで怖くなってくるのだ。

「怖いは……おまえの口癖だな」

「目に見えるもの以外は、なにもかもつかみどころがないようで……少し怖くなるのです」

「見えているものだって、移ろっていく。変わらないものはない」

「ええ、わかってはいるのですが」

「だが、気持ちはわかる。私も怖くなるときがあるからな」

「あなたも……？」

「そう、この時間が幸せ過ぎて、怖くなるときがある。永遠でないことがわかるだけに」

アレシュは蜂蜜酒に浸したブルーベリーをもうひとつつかみ、悠羽の唇に押しこんできた。

口の端から滴り落ちていく蜂蜜の雫。その甘い香りに吸い寄せられるようにペピークが二本足で立ちあがって、悠羽の肩によじのぼってぺろぺろとあごのあたりを舐めてくる。

「くすぐったいよ、ペピーク」

そんなペピークの小さな頭をアレシュは丸めた指の関節でからかうようにつついた。

「おいっ、駄目だぞ、悪いワンコだ、舐めていいのは私だけだ」

言いながら、新しいブルーベリーを今度は蜂蜜酒ごと自分の口に含むと、アレシュは悠羽の後頭部をつかんでくちづけしてきた。

「ん……っ……っ」

忍びこんでくる彼の舌先。蜂蜜酒が口内に広がり、舌先を絡ませあううちに、舌の上で熟れたブルーベリーがぷちゅっと音を立ててつぶれ、ふたりの舌の間に酸味のある果実と蜂蜜とが入り交じった甘い味が解けていく。

「ん……っん……ふっ」

じゅくじゅくに口内ではじけたブルーベリーの果汁まじりの蜂蜜酒が唇の端からこぼれ落ちていく雫をなおもペピークが舐めてしまう。

首筋から鎖骨へと流れて、やがて胸肌を通ってへそへと落ちていく。

「ん……っ」

くすぐったい、ペピーク、シャツの上からとはいえ、そんなところに前肢をくっつけないで欲しい、そこは乳首だから――と思ったとき、胸をたどっているのがアレシュの指だと気づいた。

ぐりぐりとシャツの上から乳首を撫でこすってくる。

「ん……っ……っ」

これでは絵が描けないではないかと諫《いさ》めることもできないまま、悠羽はテラスに押し倒されていった。このあと、ふたりの間で起こることがわかっているのか、ペピークが再び森にブルーベリーを捜しにいく後ろ姿を見つめながら。

6　安住の地

甘い時間を過ごしつつも、悠羽は記憶を掘り起こしながら、自分がずっと見ていたタペストリーとほぼ同じような絵をノートに仕上げていった。

「これが次のタペストリーの絵です」

「これは……大使に似ているな」

「大使？」

「ルテニアとの和平を願う大使だ」

「彼の胸には、こんな勲章がついていますか？」

悠羽は、別のページに勲章だけを大きく描いた。

「そう、それだ」

他にも細やかな記憶に残るものをひとつひとつ、パーツごとに絵で描き、アレシュと共にタペストリーの内容や細部を確認していく。

「牢獄の壁におまえが記していたように、クーデターが起きるのなら、それはそれでいい。血を流さず、静観すればいいのだな」

「はい」

「疫病に関しては、おまえの言うとおりにしよう」

「はい」

悠羽は次の絵を描いた。黒死病《こくしびょう》の蔓延と狂犬病の発生。多くの命が奪われるところである。

「あのとき、壁に書いたようにして頂けないでしょうか」

「検疫所をもうけ、ネズミの駆除をするのだな」

「はい、黒死病はネズミを始め、齧歯類《げっしるい》の身体にいるノミが媒介するウイルスです。ですから、大量発生しないように。ノミにさされないよう、公衆衛生に尽力してください」

「理屈は当たっているな。ベネツィアが検疫をもうけていたことや、ネズミの大量発生のあとに黒死病が定期的に流行していたことへの」

アレシュはそれ以降、プラーガ川に検疫を造り、貿易船が到着したあと、数週間の停泊を義務づけることにし、公衆衛生も心がけるようになった。

その結果、タペストリーに記されていたような疫病の蔓延が避けられた。

（あの物語を読み、もしも自分がそこにいたら――といつも想像していた。だから調べておいた。よかった、それが役に立って）

黒死病にはストレプトマイシンという抗生物質が必要だ。だがここにはない。それならどうやって防げるか。タペストリーを眺めたあと、祖父の書棚の本を読み、いつもいろんなことを考えていたのが役に立ってよかった。

それからパスツールがどうやって狂犬病ウイルスを有効なワクチンとして使えるようにしたのかも調べておいた。この時代が十九世紀と同じくらいの科学の進歩をしているのであれば、ちょうどパスツールの時代と重なるので、悠羽はアレシュから紹介された医師にワクチンの作り方を説明した。

「それはおもしろい方法だな。やってみよう」

医師たちが集まり、ワクチン開発に尽力したおかげで、狼たちの間に狂犬病が流行することもなかった。人間が襲われることもなくなったらしい。

「悠羽、おまえの功績だ」

アレシュにそんなふうに言われるのが嬉しかった。

自分が役に立てていることが。

けれどそれによって、タペストリーの六枚目の歴史が変わってしまうことに不安を感じた。

(……良かれと思ってしたことだけど……)

だとすれば、七枚目以降の事件はどうなるのか。

そんな不安をかかえながらも、彼と白鳥城で過ごす日々が続いた。

季節はいつしか冬になり、狼たちの繁殖のシーズンが本格的に始まった。

夜、彼と褥をともにし、そのあと出かけた彼が朝になりペピークとともにもどってくる。アレシュと、川の字に並んで朝陽を感じながらまどろむ日々が続いた。

狼の繁殖の間、この森に雪が降る間、こうしてアレシュは森の管理をしなければならないのだが、そのとき、プラーガでの政治がどうなっているかはわからなかった。

「おまえの言うとおりになった」

ある雪の朝、アレシュは刺客に襲われ、手を怪我し、悠羽の部屋にやってきたことがあった。

「私は剣が弱いからな」

苦笑し、アレシュは窓辺の椅子に座った。

「手首の怪我……でしたよね」

アレシュ王が刺客に襲われ、手首を怪我し、ボヘミアの雪原に赤い血が飛び散るシーンが織りこまれていた。犯人は弟ではなく、軍隊のスパイ。これによって、ボヘミア王国内の内戦が勃発《ぼっぱつ》し、アレシュはこの城から出られなくなってしまった。

反乱軍たちは、城や芸術に、医療に国庫の財産をかけ、怪しい預言者の言葉に惑わされ、ルテニアとの和平条約に調印したアレシュに対し、怒りを感じている。

ベルナルトを次の王にし、ルテニアとの戦争を再開させるべきだと訴えていた。

ベルナルトを国王に。アレシュを処刑しろという声。

一方、アレシュを支持するものは、アレシュが疫病を防いだことや平和を愛していることを理由に支持。国内の勢力は二つに分かれていた。

(七枚目の事件がそのまま起きた……けれどこれは未来につながるものだから)

疫病を防ぐことはできたが、クーデターはそのまま起きた。

「軍隊が蜂起《ほうき》し、一時的に私は囚われの王になってしまうのだな」

「はい、ですが、軍隊の悪政に不満の声があがり、冬が終わったころ、狼たちが繁殖を終え、春にはあなたを助けようという動きが起きます。無血で反乱鎮圧が成功するのです。それまではここで囚われの王としてお過ごしください」

「ああ、そうしよう」

アレシュは諦《あきら》めたようにそう答えたが、事情を知らない少佐や彼の側近は、クーデターと幽閉について苛立《いらだ》ちを隠せない様子だった。

「城の改築、ウイルス研究所への投資。戦争をやめたことに不満を感じる者たちが、アレシュさまを非難しています。それから預言者のことも……」

白鳥城に尋ねてきた少佐がそう報告した。

アレシュは現代のマクベスと言われているという。

そして悠羽は、魔女であり、マクベス夫人であるという噂が立っているらしい。

マクベスは実在していたスコットランドの王で、その生涯はシェイクスピアが描いた四大悲劇のひとつとなって戯曲化されている。魔女の不思議な予言に導かれ、妻にそそのかされ、破滅へと追いこまれていった暴君のことをさす。

「私がマクベスか。また新しい形容詞が誕生したな」

アレシュはとりあおうとしなかった。

マクベス——知っている。その物語も読んだ。

アレシュとはまったく違う。もちろん自分も魔女ではないし、マクベス夫人のようにアレシュに悪事をそそのかすような真似はしていない。

だが、言葉によって彼を動かしているのは同じなのではないか。そんな懸念が胸をよぎる。

(あの物語は……魔女の占いどおりに、物語が進んでいるように見えて、実は……魔女の占いの結果

に支配され、翻弄《ほんろう》されてしまった人間の弱さが描かれていた)

アレシュは弱い人間ではない。自分の意志と理想を持っている。

自分もそうだ。彼を惑わそうなんて思っていない。

(けれど……ぼくもアレシュさまも……未来はタペストリーどおりに動くものだと信じている)

実際、タペストリーどおりに物語は進んでいる。

けれど、もしかして悠羽自身がその内容に振りまわされているのではないかと思い始めると、そんなふうに感じられなくもない。

(ぼくが未来を口にしても……いいのか否か)

そんな疑問を感じている最中、結局、アレシュは七枚目にあったように白鳥城に幽閉されることになった。

「大丈夫だ、わかっていたことだ」

アレシュはそう答えたが、わかっていたことという ひと言で済ませていいのかどうかという不安がこみあげてくる。

(ぼくは……未来の悲劇を回避するため、タペストリーの内容を彼に伝えることが自分の使命だと思ってきたけれど)

だんだんと自信がなくなってくる。もしかすると、未来を伝えることはよくないのではないか。

彼は最初にそんな必要はあるのかと問いかけてきたが、自分がどうしても必要だと信じて彼に訴えてきたのだ。

「アレシュさま……あの……」

いいのでしょうか、このままタペストリーに描かれた未来を信じて――と問いかけたくて、悠羽はスケッチブックをもって彼の部屋を訪ねた。

「どうした、深刻な顔をして」

窓辺で蜂蜜酒を飲みながら、アレシュは雪に覆われた森を眺めていた。

「見ろ、森のあちこちに反乱軍が潜んでいる。あのなかにベルナルトがいるのだろうか」

「わかりません。それよりも、あの……」

近づいていくと、アレシュは目を眇めて悠羽を見あげた。

「ずいぶん大人びた顔をするようになったな」

「ぼくが？」

「そうだ。頼りない灰かぶり姫のようだったのに、今では凜々しく美しい預言者だ。私はすっかりおまえに甘えている。不思議なものだ」

アレシュは窓辺に肘《ひじ》をつき、額に垂れた金髪を指で梳きあげていった。

窓の外、ボヘミアの森は真っ白な雪に覆われ、圧倒的な白銀の世界に包まれたままだ。

森を飛ぶ鳥もなく、駆けぬける野生の生き物もいない。

だが、その代わりに城のまわりを兵士たちがとりかこむようになった。

伝説どおりなら、王は春までの間、ここから一歩も出られない。近いうちに、この城の塔の一番上に幽閉され、夜伽の相手として、真夜中に悠羽が訪ねていくことだけが許される。

（でも……軍隊は、彼がぼくとの行為のあと、狼になることを知らないから……アレシュさまは、そのときだけ自由に森に行くことができる）

窓から外に出て、彼が森に行き、狼たちと交流をもっている間、悠羽は彼が部屋にいないことが外部に察知されないように、寝室で彼と一緒にいるふうを装うため、楽器を鳴らしたり、歌を歌ったりしてごまかすこともある。

「春までの我慢だな」

「え、ええ」

「よかった、おまえがいてくれて」

紫がかった蒼い目を細めて微笑し、アレシュは悠羽の手首にそっとくちづけてきた。

「……っ」

優しくやわらかな吐息が皮膚を撫で、胸がどきどきする。

「ありがとう、私のところにきてくれて」

「どうしたのですか、今さら」

「おまえだけだからだ、私のそばで綺麗な空気をまとっているのは」

「ペピークもいるじゃないですか」

「ああ、人間でという意味で、だ」

淋しそうに言う彼の横顔を見ていると、哀しくなってきた。

弟との争い――言葉にはしないが、平和主義で、争いを好まないアレシュは、弟が自分と敵対していることに心を痛めているのがわかる。

「ぼくはなにがあってもあなたの味方ですから」

彼の絹糸のような髪に触れてみたくなり、悠羽はアレシュの前に立って手を伸ばした。

なめらかで、優しい髪。狼のときの毛とは少し感触が違う。

遠くから教会の鐘の音が聞こえてくる。

純白の雪が積もった夜の森は銀色に光ってとても神秘的に見える。

城のまわりの反乱軍の野営の焔でさえ、森の美しさを彩る装飾品のようだ。

「悠羽……心配するな。私はマクベスではない」

悠羽の心の不安がわかったのか、手をつかみながらアレシュははっきりと言った。

「私はおまえの言葉を信じてはいるが、マクベスのように自分の地位のためだけに占いを信じようとしたのとはわけが違う。私が信じているのは、国民のために必要だと思うことだけだ」

「そうでしたね」

悠羽は微笑した。

一瞬で不安をぬぐい去ってくれるひと言だった。

「とにかく戦争が嫌いだ。クーデターが無血で終わるならそれが一番いい。銃も剣も苦手な上に、大砲の音なんて論外だ」

「本当に。残虐王太子とあだ名されていた方とは思えないような」

「ああ、こんな軟弱な私に……よくも残虐などとあだ名をつけたものだ。弟の流言だが、放置してる。弱いと思われるよりはいいだろう」

この人はわかっていて……。聡い方だ。

「好色は当たっているかもしれませんが」

「おまえ限定だ」

アレシュは悠羽の胸に顔を埋めるように抱きついてきた。シャツのボタンをとり、餓えた子供のように乳首に貪りついてくる。ペピークでさえそんなことをしないのに。

「ん……っ……っ」

立ったまま、腰に抱きつかれ、胸に顔を埋められて、舌先や唇で乳首を弄《もてあそ》ばれていくとたちまち腰のあたりが痺れてじっとしていられなくなる。

「おまえとこうしている時間が一番幸せだ。私の安住の場所はおまえだ」

アレシュはそう言うと、悠羽の胸にもたれかかったまま窓の外に視線をむけた。

「以前に……虎と獅子の安住の地について話してくれたことがあったな」

「ええ」

いつだったか、アレシュとベッドで横になっているとき、祖父の蔵書のなかにある仏典の話をした。

虎はあまりにも強すぎるゆえ、あまりにも知恵がありすぎるゆえ、怖れるものはなかった。

だから彼は恐れを知る者の気持ちがわからない。それゆえ、仏は虎に象という天敵を与えたと祖父の本には書かれていた。

一方、獅子――ライオンの天敵は、その身体を巣くう小さな寄生虫。

虎やライオンのように百獣の王たるものであっても、ときに自分よりも巨大なものに遭遇したり、ときに米粒にも満たない小さなものに身を滅ぼされる可能性があるという意味の物語だ。

だが仏は、虎にも獅子にも天敵からの救済を用意していた。

それが安住の地である、という話を、以前にアレシュに話をしたことがある。

『虎の安住の地は竹林。象は牙が引っかかって竹林に入れない。そしてライオンには牡丹《ぼたん》の花を。獅子の身体を脅かせる寄生虫を浄化させる作用があるので』

そのとき、アレシュはとても感動していた。

『きっと狼の安住の地は……森だ。そして私にとってはおまえだ』

そんなふうに語っていた。

「永遠におまえとこうしていたい。私の安住の地はおまえだからな」

言いながら、アレシュは歯の先できりっと乳首をおしつぶしてきた。

「あう……はあっ！」

ぴくりと身体が動くが、彼の腕に腰を抱かれているので身動きがとれない。

「すべすべとした綺麗な肌に、甘いクランベリーのような乳首。ほどよく弾力があってやわらかくて、いつまでこうして嬲っていたい」

悠羽がぴくぴくと反応するのを楽しむように、舌先で楽しそうに乳首をつついている。

彼の言葉どおり、小さかった乳首ぷっくりと赤く膨らみ、小さなクランベリーの実のように見えてしまう。

「っ……あ……ああ……」

すぐにこんな甘い声をあげてしまう自分が恥ずかしい。ころころと唇で乳首を転がしたり、舌先で乳輪を舐めたりされると、じんと下腹のあたりに妙な疼きが生まれ、いつしか下着のなかが蒸れ始め、ズボンの布を押しあげてしまっている。

その張り詰めたものの感触が彼の胸に伝わるのか、アレシュはふっと鼻先で笑った。

「ここもかわいいな。こんなに敏感になるとは」

舌先で緩急をつけながら乳首を弄りながら、胸でこするようにして下肢を圧迫してくる。その動きにたちまち皮膚の奥にじんわりと熱がこもり、いてもたってもいられなくなる。

「ああ……ん……ふ……あ……っ」

むず痒い快楽の波が身体全体を支配してくる。

「ああ……やっ……ふぅ……あぁっ、あぁっ……ん……」

「そんなに気持ちがいいのか？」

「ああっ……ん……ああ……っああ」

彼の両肩に手をつき、首を左右に振って快楽に耐えようとしている姿をアレシュは楽しむようにさらに唇で乳首に刺激を与えてくる。

「私と会うまで……なにも知らなかったのか？」

「あなたしか……知りません……すべてあなたが……教えてくださったことで」

息も絶え絶えに言う悠羽に、アレシュは忌々しそうに舌打ちした。

「だが私が初めての男ではない」

「え……」

「腹が立つ、未来の自分に」

「……っ」

「でも……あなたではないですか」

「それでも腹が立つのだ、おまえを私の知らない自分が抱いたかと思うと」

大人げない口調で言う姿が愛しかった。彼が愛しくて愛しくて仕方ない。

「でも……ぼくもわかる気がする」

思わずその髪を撫でながら、ぼそりと呟いていた。

「わかる？」

「あなたが過去のぼくを抱くのが……何となくイヤだという気持ち……」

言ったあと、何てことを口にしたのだろうと思ったが、アレシュはこれ以上ないほど嬉しそうに微笑した。

「参ったな、困った男だ」

「え……」

「安住の地かと思っていたが、実は私の天敵になるかもしれないな」

苦笑しながら言うと、アレシュは悠羽を抱きあげた。

「ぼくが？」

「そう、真の天敵。真に私を滅ぼすもの」

寝台に悠羽の身体を横たわらせ、衣服を脱がせてのしかかってくる。

「それは……何ですか」

悠羽の言葉に、アレシュが笑う。

「多分……愛だ」

どうして愛が――と問いかけようとしたそのとき、性器の根元をぎゅっとアレシュがにぎりしめてきた。

「ああっ……っ」

陰嚢をもみくちゃにされ、悠羽はシーツをつかんで身悶えた。

どこもかしこも感じやすい。彼に触れられただけで一気に発情して、全身が昂っていく。

窓からは月の光。森からは狼たちの遠吠えが聞こえてくる。

今夜も濃厚な狼たちの交合の儀式が行われる。けれどそれよりも激しくも濃密なのは、自分たちふたりだと思う。毎夜、そんなふうに感じる。

「おまえの目、表情……もしかすると、気づいていたかもしれない。魂のどこかでおまえが私をじっと見つめていたのを」

何だろう、窓の外では、つがいを求める狼たちの咆哮《ほうこう》がいつもよりなやましい。

どうしたのだろうと思ったら、今夜は満月だった。

そのせいか、彼も激しい。余すところなく、アレシュは悠羽の身体にくちづけし始めた。

さっき、乳首をかわいがっていたときのように、首筋から鎖骨、胸骨、そして乳首、腹部、へそと、唇と舌、それに歯を使ってこれ以上ないほど強く吸ったり甘く舐めたりされると、心も身体もとろとろに蕩けて、甘ったるい海で溺れたようになってしまう。

「あ……ああっ、ああ……アレシュ……さ……っ」

あれそうになる声を抑えることができない。ひくひくと腰がひとりでに震え、体内の奥深くに彼が欲しくてあちこちが疼いてくる。

「抱かれるたび、淫蕩になっていく。おまえのすべてが愛しい」

両方の乳首を舌や指で嬲りながら、あまっているほうの手でアレシュは悠羽の下肢ですでに変化をしている性器の先端を弄んでいる。

「アレシュさ……ああ……くぅ！　うっ、ううっ、あぁ！」

先端からとろりとにじみでる淫靡な雫。指に絡め、くちゅくちゅと音を立てて亀頭の割れ目の敏感のところを抉られていく。

「ああっ……やめて……ああっ、ああ」

「おまえのこれ……蜂蜜のようにとろとろで、いつもねっとりとして指をよく滑らせてくれる」

恥ずかしい言葉を吐かれると、なぜか身体がよけいに鋭敏に反応してしまう。

「ここもすっかり熟れているな」

前の蜜を絡めた指先が後ろに触れてくる。ひやりとした感触に身体をこわばらせた次の瞬間、ぐぅっと骨張った指が粘膜の奥へと侵入してきた。

「くっ、ううっ」

悠羽はシーツをにぎりしめ、大きく身をのけぞらせた。連日の淫行ですっかりこの行為に馴染《なじ》んでしまったとはいえ、それでもこの異物感にはやはり少し身体が萎縮《いしゅく》してしまう。

それでも乳首を唇や歯で舐められ、別の手で性器や陰嚢をもみくちゃにされながら、後ろを指で弄られていると、妖しくももどかしい感覚に腰がのたうち始める。

「ああっ、いや……ああっ、アレシュさ……」

くちゅくちゅと音を立てて後孔をかきまわし、ほぐそうとする動きに脳髄まで痺れたようになってくる。背筋がのけぞり、悠羽は汗とも涙とも唾液ともわからない雫で口元や目元をぐしゃぐしゃにしていた。

「あ……く……っ」

「そろそろ欲しいか」

低い声で問いかけられ、それだけで肌がざわつく。彼が指をひきぬき、その空洞感に焦《じ》れったいような妖しい感覚を抱き、悠羽は腰をよじらせた。

「欲しいって……」

欲しいに決まっている。いつものようにその空間を猛々しいもので貫き、この身体を満たして欲しい。そう思うのに、今夜の彼はいつになく意地悪だ。

「さあ、言え。私が欲しいか」

「んく……っん……」

全身をわななかせ、悠羽はなやましい吐息をついた。後ろは彼のものが欲しくて、陸にあがった魚のようにぱくぱくとひくついているのがわかった。

「欲しい……欲しいです……あなたが」

たまらず口から出た言葉に、まだ満足しないのかアレシュが低い声で冷たく言う。

「駄目だ、それでは」

「どうして……」

「言え、挿れて、満たしてくれと。ここに私が欲しいと」

たまらない。前の射精を指で止めながら、そんな意地悪をされると、何でも口にしてしまいたかった。耐えられない。羞恥を感じながらも、悠羽は絶え絶えに呟いた。

「挿れてくださ……い……あなたで満たして……ぼくのなかに……あなたを」

「本当に愛らしい男だ……素直でかわいい、すべてが愛しい」

アレシュは身体を起こすと、悠羽の腰をひきつけた。目を開けた悠羽の視界に、神々しいほど美しい男の顔があった。官能的な大人の男の色香と、貴公子然とした優雅さを漂わせた姿に胸が熱くなったそのとき、後ろに硬質なものの存在を感じた。

「ん……っ」

「挿れるぞ、いいな」

足を広げられ、あらわになった下肢の奥にぐいっと猛々しい肉塊が埋めこまれていく。

「あ、あぁっ、ああっ！」

ずぷっと一気に根元まで埋めこまれていく。腰が砕けそうな痛みを感じながらも、どくどくと体内で脈打つ存在に甘い熱が生じ始める。

悠羽の背を抱き寄せ、アレシュはかきまわすように腰を動かし始めた。

「ああっ、ああ、いや……ああっ」

内臓を押しあげられるような圧迫感に、息ができなくなる。腹部が膨らんでしまうのではないかとおもうほどの大きさだ。

アレシュのたくましい性器が自分の体内に埋めこまれている。信じられない、ずっしりとした重み。膨張感がたまらない。

「ああっ、苦し……うっ」

このまま意識がどうにかなってしまいそうだ。気が遠くなりそうな感覚に襲われるが、できるだけ感じやすい場所をこすりあげようとする彼の動きに、少しずつ快感が芽生え始める。

「すごいな、火傷しそうな熱さで……締めつけてくる……」

苦しそうに言う彼の額から汗が滴り、悠羽の首筋へと落ちてくる。

「ん……っああっ、ああ……っ」

やがて悠羽の内部が愉悦に甘く痙攣し始めたのがわかったのか、アレシュは腰をつかんで抜き差しを始めた。

「ああっ、あっ、んぐ……ああっ」

悠羽の細い腰骨を押さえこみ、ぎりぎりまで退いたかと思うと、ずんという重い衝撃を伴いながら深々と奥を穿《うが》ってくる。

「あっ、ああ、ああ——あっ」

激しく、容赦のない突きあげに粘膜が痺れていく。と同時にすさまじい快楽が悠羽の脳まで突きあがってくる。

「どうだ……悠羽……気持ちいいのか」

腰を突きあげ、悠羽をゆさゆさと揺さぶりながらアレシュが問いかけてくる。

「ん……いいです……すごく……あなたは……どうですか……」

互いに問いかけ合う。いつものことだった。

「いい、いいに決まっている。……おまえとの時間は……最高だ」

彼の動きがきわまってくる。悠羽ももう果てそうだ。

「よかった……嬉しい……嬉しいです……ああっ……ああ、いい……いいっ……」

加速していく動きに、脳がぐしゃぐしゃになっていく。

何という快感だろう。何という一体感。

やがて悠羽が絶頂を迎えた瞬間、熱い精液が粘膜のなかで迸るのがわかった。
この火傷しそうなほどの熱さが好きだ。そんな思いを噛みしめながらぐったりとした悠羽にアレシュが唇を重ねてきた
窓の外の世界は変わることなく月明かりに照らされている。明るい月の光のなか、うぉーんうぉーんという狼の遠吠えが響いていた。

心地よい交合のあとの倦怠感《けんたいかん》を抱きながら、ゆったりと横たわっていると、アレシュが半身を起こして悠羽の髪を撫でた。

「クーデターが起き、幽閉されても、おまえが未来を教えてくれたおかげで、心がおだやかでいられる。……春までの間、立派に幽閉された王の役割をつとめよう」

鼓膜を撫でていく彼の囁きが優しい。

「精一杯あなたにお仕えします」

「……おまえがいてくれてよかった」

彼の言葉が呪文のように、鼓膜に溶けていく。

「朝までひとりで眠っていられるか」

「……ん……」

「私は狼になり、夜の森の繁殖の宴を見守りに行く。おまえも連れていきたいが、まだ身体が辛いだろう。ひとりで待っていてくれるな」

「え……ええ」

倦怠感に包まれながら悠羽が呟くと、アレシュはベッドから下りてまっすぐテラスへとむかった。

そのとき、神々しいまでに月の光を浴びた彼の身体が狼へと変化するのがわかった。

「あ……」

美しい青色の飾りをもった銀色狼に変身すると、アレシュはバルコニーから舞い降りた。

「アレシュさま……」

見なければ。彼が森の帝王となっている姿を。

毎夜、悠羽のなかで射精をしたあと、アレシュはひとり寝で残していく悠羽を気づかうように声をかけて寝室をあとにする。

幽閉中の彼が出ていったことがわからないよう、自分はここで歌でも歌っていたほうがいいのだが、それでも彼の狼としての雄姿が見たくて、悠羽はそっとその姿を見送る。

（アレシュさま……）

ベッドから落ちながらも、悠羽は這《は》うようにしてバルコニーに行き、手すりからボヘミアの森を見下ろした。

彼を待ち受けていたかのように次々と集まっていく狼たち。

そしてボヘミアの森に反響する狼たちの遠吠え。

音と音とが重なりあって音楽のように響いている。この響きを聞くと、どういうわけか胸がはずみ、自分も狼になったような不思議な感覚に囚われる。

（狼王アレシュさま……ぼくはあなたのお役に立てているのですね）

月明かりを受けた美しくも雄々しい銀色狼が森のなかへと消えていく。

どうして自分がいなければ彼が狼になれないのか——その呪いの解き方をまだきいていない。けれど春になり、喪が明けると、その儀式を行うとアレシュは言っていた。

そのとき、悠羽は正式な彼の花嫁になる。神の前で愛を誓うのだ。

どんな儀式なのかはわからない。本当に自分でいいのかわからない。

けれど決めていた。

十枚目の悲劇を起こさないため、自分にできることをすべてやり遂げようと。

彼の姿をバルコニーから見送るとき、悠羽はいつも神と天国にいる祖父に感謝する。

アレシュさまのために役立つことができて嬉しいです。

その役目を与えてくださってありがとうございます。

彼のそばにいることで、こうして耳が聞こえ、言葉を話すことができ、なにもかもが鮮やかに感じられることに感謝します。

なにより、愛する彼と一緒に過ごせることに感謝します——と。


そして明け方。

眠っているとひんやりとした風が入りこみ、狼王が悠羽のもとにもどってくる。

「悠羽……眠っているのか」

ふっと目を覚ますと、ふわふわとした狼の被毛のあたたかさとやわらかさに包まれ、彼が愛しそうに悠羽のこめかみに舌を這わせている。

いつのまにか、ペピークも寝室にやってきていた。悠羽がまるまりながらペピークを抱きしめ、そんな悠羽を覆うように狼のアレシュが抱きしめて眠る。

「気持ちいい……三人で寝るの」

正式には、一匹と二人、或いは二匹と一人だが。

くぅんと鼻を鳴らしてペピークが悠羽の腕のなかで声をあげながら、小さな舌先で悠羽のあごのあたりをペロペロと撫でてくる。

その唇をなでなでしていると、ペピークが小さな口を開け、かぷっと悠羽の人差し指を甘噛みしてくる。小さな歯で甘く噛まれるのが好きだ。そのまま悠羽の指先を吸いこみ、赤ちゃんがおっぱいを飲むようにちゅうちゅうと吸ってくる。

きっとペピークはアレシュが父親、自分を母親と勘違いしているのだろう。

「ん……ふふ……くすぐったいよ……ぺーちゃん」

ぺーちゃんと言われると嬉しいらしく、いっそう激しく悠羽を舐めてくれる。

毎日毎日、少しずつ大きくなっていくペピークが愛おしい。

この冬が終われば、もう悠羽よりも大きくなってしまうかもしれない。けれど今はまだ小さくて、強く抱きしめたら壊れてしまいそうなほどだ。

「こら、ペピークばかりかわいがるな」

後ろにいるアレシュが文句を言ってくる。

「だって、ぺーちゃん、小さなワンコみたいでかわいいから」

ペピークのやわらかな耳に唇をすりよせたり、形のいい額をほおで撫でたりしていると、やわらかで優しい被毛がどうしようもなく愛しくなってくる。

「大きなワンコは嫌いか」

「え……」

大きなワンコというのは……あなたのことですか――と、悠羽は困惑した目で、背後にいる銀色狼のアレシュを見つめた。

「確かに……大きなワンコのようですね」

「悪かったな、大きなワンコで」

そんなふうに言う狼王もとても愛おしい。

彼の胸の毛に手を這わせていると、指先がだんだん彼の被毛の感触を記憶し、今では触れただけでふっと優しい気持ちが胸に広がっていく。

ペピークの額にキスをするときもそうだ。彼の額の骨の形を唇がおぼえてしまってその額に触れただけで胸があたたかくなるのだ。

「どっちも大好きだよ」

あーちゃんも、ぺーちゃんも。

こんなにも愛しい存在が自分の世界に現れるなんて信じられない。

この世界にきて良かった。

そっとアレシュの手を握りしめ、ふんわりとした被毛に覆われた彼の肉球に音を立ててキスしたり、ペピークの肉球に唇をすりすりしたりする時間が悠羽には愛おしくてどうしようもない。

「ん……ふ……」

二匹が同時に尻尾をふりふりさせるのがとても楽しい。

ペピークを抱きながら、狼王のふわふわとした銀色の被毛に顔をすりよせる。

永遠にこんな日々が続けばいいのに。

「ずっとこうしていたい」

呟くと、狼のアレシュが身体を丸めてすっぽりと腕のなかに悠羽とペピークを包みこむ。

ふわふわとした被毛のむこうから、雪と森の香りが漂ってくる。木々のにおいか、それとも湖のにおいかわからないが。雪の下で芽生え始めている瑞々しい植物の、清々しい香りだろうか。

それが身体に浸透していくと、そこから浄化されていくような心地よさをおぼえる。

「ボヘミアの森は……きっとぼくの安住の地なのかもしれない。あなたとペピークのいる場所が」

そう呟くと、狼王のアレシュが再び、悠羽のこめかみに後ろからキスしてくる。

幸せだな、と思った。

小さなかわいいペピークと、大きくて凛々しいアレシュに囲まれて眠る毎日。自分の人生にこんなに幸せな日がくるなんて。怖くなってくる。いいのだろうか、こんなに幸せで。

「悠羽、おまえは……本当に素直でまっすぐだな。おまえのような人間は初めてだ」

「他の方は……違うのですか」

首を巡らして問いかけると、狼王は少し冷めた眼差しになり、吐き捨てるように言った。

「誰も逆らわない。だが誰も王としての私以外必要としていない。人間としても生き物としても誰かと心から触れあったことはない。誰も信頼できない。いつ裏切るかわからない」

「……」

「父は側近に裏切られたこともあり、警戒心が強くなり、裏切り者は次々と断罪した。私にも厳しかった。厳しい帝王学を徹底して学ばされたよ。だが、軍事訓練や争いごとが嫌いでね。この森でひとり、静かに狼たちの姿を見て暮らすときが一番幸せだった」

「アレシュさま……」

「それなのに、自由に狼の姿になれない。呪い返しのせいで。狼の姿になれなければ、彼らの言葉が理解できない。彼らの言葉が理解できなければ、狼王として承認されない。承認されなければ、必要ない者として排除される。王国にとってはその程度の存在だ」

そこまで呟くと、彼はベッドから下りると、人間の姿にもどった。

そして椅子にかけていたガウンをその裸身にはおった。ハニーワインのワインボトルを開け、とくとくと音を立ててグラスに注ぎ、くいと飲み干す。

「背負っているものが重いのですか」

「そうではない」

「それ以外、必要とされていない気がするのですか」

悠羽の言葉に、アレシュは苦笑した。図星のようだ。

彼は本当は切ないまでに国民のことを考えている。二十一世紀に生まれた悠羽からすれば、彼のような統治者こそがすばらしいとわかるのだが、今の時代では違うのか。

「国民が求めているのは、ベルナルトのような力のある王だ。武勲を重ね、強大な力で敵を打つような。だが、私は諍《いさか》いも戦争も嫌いだ。美しくないことがイヤなのだ。人が死ぬ。そんなものは見たくない。だから軍事訓練もまともにしていないし、剣も銃も下手だ。残虐王ではなく、軟弱王というのが真の私だ」

「そんなことはないと思いますが」

「いや、そのとおりだ。だから暗殺者がくれば、抵抗できない。あのときもそうだった。おまえを拾ったときも。森に預言者をさがしに出かけたとき、弟が寄こした暗殺者が私の命を狙っていた。一人になるのをうかがって。だが、おまえが現れ、彼らの計画は頓挫《とんざ》してしまった」

「ではぼくはあなたを護れたんですね」

シャツを身につけてほほえみかけると、アレシュは眉根を寄せ、少し淋しそうに微笑した。

「いっそ現れなければよかったのに」

「え……」

「あのまま殺されてもよかったのに。狼王になるくらいなら、ならないまま、この世から消えてもよかった」

わざとそんなことを言っているのはわかった。多分、ただ待つだけの幽閉生活に疲れているのだ。自分ではなく武力に秀でた弟のほうが国を継ぐべきではないかという気持ちもあるのだろう。

「何てことを言うのですか、それでも狼王に選ばれたのはあなたですよ」

たとえ、それが心の揺らぎから出てくる言葉で、真意ではないというのはわかっていたとしても、彼が彼自身を否定するのが辛かった。

彼のためにここにきた自分をも否定されているような気がして。

「そうだ。神は私にそれを許さなかった。だから、異世界からおまえを私のもとに送りこんだのだ。

私が狼王になるために必要な存在を。狼たちの楽園を護るため、王として、彼らの繁殖を護り続ける。私はそのためだけに生きている。だが、時々、破滅を望まないわけでもない」

「……っ」

悠羽は手のひらでぴしゃりとアレシュのほおを叩いた。

「悠羽……」

驚いたような顔でアレシュが悠羽を見つめる。

「そんなこと言わないでください。ぼくにはずっとあなたの物語が必要でした。あなたは伝説では偉大な王になられるはずです。誰も軟弱王だなんて言っていません。残虐王とも呼ばれていません。英雄です。軍事が苦手だからこそ戦争が嫌いだからこそ、あなたは平和を築けるのです。あなたらしく王として前に進んでください」

悠羽はアレシュの腕をつかんだ。

「私が偉大な王に？」

「絶対そうなります。あなたの偉大な歴史は伝説として語り継がれています。ぼくは、その伝説のおかげで、幸せを感じることができたし、あなたの伝説が描かれたタペストリーを眺めることに幸せを感じていたのです。あなたの存在がぼくの人生の励みだったのです」

だから待ちましょう。あなたの理想を体現できる日がくるはずですから。そう言いたかった。

「悠羽……それでいいのか、ただ待つだけで」

「勇気を持って信じて。あなたの時代がきます。そのためにぼくがここにきたんです」

「そのために……おまえが？」

「ええ、ぼくはきっとあなたを支えるために生まれたのだと思うから。だからどうか待ちましょう、時がくるまで」

悠羽が祈るような声で言うと、アレシュは幸せそうに微笑し、背に腕をまわしてきた。身体を抱きよせられ、額にくちづけされる。

「ありがとう、悠羽。自分を信じるよ。やはりおまえこそ、私の安住の地だ」

7　別れ

それからほどなくして、タペストリーの予告どおり、クーデターが失敗し、アレシュの幽閉が解かれる日がやってきた。なにもせず、ただ待っているだけでよかった。

クーデター終了とともに、ルテニアの大公から大公女タチアナとの正式な婚約の申しこみがあり、アレシュはそれを承諾した。

すべてがタペストリーどおりに話が進んでいる。むしろ自分たちの意志までもが定められた物語に支配されているかのように。

(でも……いよいよ九枚目と十枚目の事件が起きる)

そう思っていたとおり、事件が起きた。

森のなか、彼が刺客の銃弾を浴びてしまうときが。

春、狼たちのおかげで幽閉の身から救われ花々が咲き乱れるなか、復活祭の前の聖週間の祭が行われているときのことだった。

「――アレシュ王、今日はお招きありがとう」

現れたのはルテニアの姫君タチアナ。いつ虎になるかわからないような、今にもそうなりそうな迫力のある美貌に目が奪われてしまう。それからこの国の幹部たち。

「王、春の訪れ、おめでとうございます」

招待された貴族たちからの挨拶を次々と受け、庭園に造られた緋色の玉座に座り、ゆったりと側近に囲まれているアレシュ。

黒い長めの上着に、白いブラウス、黒いズボン姿。悠羽は同じように正装をしてその傍らに、彼の従者のひとりとして、すでに青年になったペピークとともに控えていた。

使用人たちがせわしく食事の支度をし、料理を運び、華やかなドレスに身を包んだ貴族の姫君たちがダンスを踊っている。

明かりが灯り、月が照らすなか、ボヘミアの森の城の庭園で華やかに宴が催されている。

庭園をとりかこむように純白の梨の花が咲き競っている。

日本の桜の花のことを、悠羽はうっすらとしか覚えていないが、チェコで春を迎えるたび、川べりや街中を一面真っ白に彩る梨《なし》の花を見るたび、日本の桜を思いだした。

風が吹くたび、はらはらと舞い落ちてくる真っ白な梨の花びら。

宴もたけなわになり、村から呼ばれた地元の民族衣装をつけた踊り子たちの踊りが始まると、アレシュは悠羽を手招きした。

「使用人たちからなにか飲み物と料理をもらって、おまえも食事をしろ」

「ですが……森のなかでの宴の途中、あなたが怪我を負うと伝説には記されています。なにかあったらと思うと」

「そのときは、おまえに説明を受けたとおり、あちらの世界で手当てをしてくればいいのだろう。過去のおまえと会って」

悠羽の顔に手を伸ばし、アレシュがほおについていた梨の花びらをつまみとる。

「はい、以前に説明したとおりにしてください」

その言葉に笑みを浮かべたあと、アレシュは手のひらに載せた梨の花びらをふっと吹いて飛ばす。

ふわっと舞いあがった花びらが他の花びらに紛れこんで芝生の上に落ちていく。

「王？」

「安心しろ、指輪も用意した」

「過去のぼくにどうかそれを」

「本音では、イヤだと言わなかったか？　私が別のおまえを抱くのが」

その問いかけに、悠羽は苦笑した。

それが本音だとしても、どうして正直に言えるだろう。

「あれは、情交時のたわごとです。どうか本気になさらないでください」

悠羽の返事に、アレシュは口の端を歪めて笑ったあと、近くにいた使用人が届けにきたチェコ料理を一皿手にした。

「宴席の料理だ、食べろ、最高級のチェコ料理だ」

色とりどりのあざやかな春らしいチェコ料理。

春の野菜を集めたサラダ。牛肉を赤ワインで煮こんだグラーシュ。

それにジャガイモのクネドリーキ。

肉団子のスープ。チーズのフライ。ドーナツ型のトルデルニーク。

「おまえの好きな苺のクネドリーキも用意した」

アレシュが美しい真紅の苺を載せたパンケーキを悠羽の口の前に差しだしてくる。

「……こんな人前で、王から食べ物を食べさせていただくわけにはいきません」

悠羽は恐縮したように返した。

「誰も見ていない。みんな、もうすでに酔っ払っている」

「ですが……」

「せっかく私がおまえのために作ってやったのに」

「ええっ、王自ら？」

思わず裏返った変な声が出てくる。あまりのことで驚いた。

「ああ、私の自信作だ」

「いつのまに料理なんて」

「幽閉中に……。おまえになにを食べさせるか考えてこっそりと」

子供みたいにいたずらっぽい笑みを見せるアレシュに、悠羽はたまらない愛しさを感じた。

「それなら……ぜひ」

「食べろ」

苺のパンケーキを悠羽の唇の前にアレシュが突きだしてくる。

一口噛んだだけで甘い苺が口内で、バターたっぷりのパン生地と溶けあって、舌が蕩けてしまいそうなほど、やわらかでおいしいパンケーキだった。

こんなおいしいお菓子は初めだと思った。もぐもぐと食べている悠羽の顔を見つめ、アレシュがくすっと笑う。

「なにか……変でしょうか」

「いや、ずいぶん大人びた表情をするようになったが、食べるときは昔と変わらないと思って。初めて私からものを食べさせられたときのまま愛らしい」

ああ、あの地下牢のころか。

「まだ半年も経《た》ってませんから」

「半年の間にたくさんのことがあった。おまえにも苦労をかけている」

「とんでもない」

「おまえがそばにいてくれて本当に助かっている」

アレシュは淡く微笑した。

いつもよりもとてもおだやかな表情をしている。ふっと彼の双眸に吸いこまれそうになったそのときだった。

乾いた爆発音が庭園に響いた。白樺の林の奥にきらりと光る銃口のようなものが見え、アレシュが狙われているのがわかった。

「う……っ！」

激しい銃声が鳴り響き、いきなり周囲の明かりが次々と割れる。さらに激しい銃声があたりに響きわたった。

きゃーっという女性の叫び声。彼女たちが逃げ惑うなか、次々と警備員や召使いたちが倒れる。

吹きぬける風と同時に、純白の梨の花びらが吹雪のようにあたりに舞い落ちていく。

「アレシュさま、伏せてっ！」

反射的に悠羽は彼の前にたちはだかろうとしたが、一瞬、遅かった。

アレシュが左足から血を流してその場に倒れこむ。

「悠羽……無事か」

どくどくと彼から血が流れ出ている。左腿に怪我をしている。あのときだ。九枚目の物語の場面がついにやってきた。彼が悠羽のいる世界に行くときが。

「大丈夫です。あなたは湖に。ペピーク、王を城の横にある湖に案内して。早く」

こうなることがわかっていた。タペストリーどおりだ。

だからあらかじめ説明し、準備もすすめておいた。

ペピークが負傷した国王を連れ、森の湖にいくようにと。

「あちらの世界でのぼくに……あとのことは任せます。以前に話したように、ぼくがあなたに輸血し、あなたは助かります。そしてぼくを抱いてください」

悠羽は銃を手に、そこに立ち、刺客がこれ以上彼を追いかけないよう、その場から誰も彼のところに近づかないよう護ろうとした。

しかしアレシュはかぶりを振った。

「どうして。どうして、あちらの世界に行かないのですか」

「……悠羽、いいんだ……湖には行かない」

「何で行ってくれないのですか」

「私の心が拒否している……行ったとしても、異世界に行く気配がしない」

「そんな……あなたの心が拒否してるって……どうして」

いけない、このままだと彼の身体からどんどん血が流れ出ていく。それなのに、どうして彼の身体は異世界に行かないのか。

同じ服装、同じ場所を負傷した彼が確かに悠羽の世界にやってきたというのに。

「どうしよう、このままだとあなたは……」

「しかたない、あちらの世界に行っても……私はおまえを抱けないから」

悠羽にもたれかかり、淋しそうに言うアレシュの言葉にはっとした。

「え……」

悠羽は大きく目を見ひらいた。

「ここにいるおまえしか抱けない」

「でもぼくなんですよ……過去のぼくがそこにいるんです。ぼくを抱いて、狼になってもどってくるんです……ここにもう一度、元気になって」

悠羽は祈るように言った。しかしアレシュは微笑し、かぶりを振る。

「わかるんだ、でもできない。これから会うのは過去のおまえ。だが、私は今のおまえが愛しい。おそらく別人に見えてしまうだろう。だから無理だ。抱けない。おまえもそうじゃないのか」

アレシュは悠羽の手首をつかみ、そこにあの指輪をはめた。

「――っ」

泣き叫びたくなった。彼の気持ちが嬉しくて胸が痛い。けれど彼の気持ちが哀しい。このまま喪いたくないのに、どうすればいいのか。どうしよう、こんなことって。

タペストリーどおりに話が進まない。歴史が変わってしまった。護らなければいけないのに。この人から銃弾の摘出手術をしないといけないのに。

だけど彼の愛が嬉しい。

「わかりました。新しい時間が始まるなら、それに従いましょう」

何としてもこの人を護らないと。護ってみせる。そう思ったとき、ペピークが大きく吠えた。

こちらに気づき、少佐や医師が悠羽たちのいる場所に集まり始めた。

「悠羽……王はご無事ですか」

他にも警察長官がいる。あとは強者で有名な兵士たち。

「輸血してください。ぼくの血はアレシュ王と同じタイプなんです。ですからどうか。非凝固剤がないからすぐにそのまま形で輸血しないといけないと思いますが……」

もしものことを考え、この時代での輸血の成功例についても祖父の蔵書のなかから学んでおいてよかった。もちろん知識だけでしかないことに不安を感じるが、それでも今の自分のほうが過去の自分よりもずっと彼を護るだけの意志と力があると自信があった。

「城の地下に運ぼう。アレシュさまを移動させて」

警察長官が警護をする間に、城の地下にアレシュを運び、その場で悠羽の血を彼の身体に輸血したあと、アヘンを使って彼の意識を奪って銃弾の除去手術が行われることになった。

どのくらいの時間がかかるかわからない。誰かがこの場を見つけるともかぎらない。

「王を……王を助けてください。もしものときはぼくが囮《おとり》になります」

自分がここから離れればいい。そうすれば、誰もここにアレシュかいるとは思わないだろう。

「それなら私も一緒に」

悠羽はかぶりを振った。

「少佐はおそばでアレシュさまを護ってください。ぼくが離れたほうが、絶対にアレシュさまの居場所がわからないと思うので。あとはお任せします」

悠羽が病室から出ていこうとしたとき、ペピークが悠羽の上着の裾を噛んだ。

「……っ」

くうんくうん……と鼻を鳴らして淋しそうな声をあげている。ふりむき、悠羽はペピークを見つめた。すっかり青年狼になったペピークが訴えるような目で見あげている。行くなと言っているような気がして、悠羽は微笑して彼の頭を撫でた。

「おまえは……いずれ狼の森の守護者になるんだ。だからアレシュさまを頼む」

悠羽はペピークの身体を抱きしめ、その額にキスをしたあと、城の外に出た。


「悠羽さま、ご安心ください。殆どの刺客を捕らえました」

警察長官のもとに行くと、宴のなかにまぎれこんでいたベルナルトの刺客が次々と逮捕されていくのが見えた。悠羽はほっとした。

もう大丈夫だろうか。

確かめようと、庭園から湖畔へと通じる芝生に出たそのとき、湖の対岸にきらりと光る銃口が見えた。

「く……っ！」

パンパンという激しい銃声があたりに反響した。

「――――っ！」

なにか強い衝撃が続けざまに身体にぶつかったかと思うと、悠羽は投げだされるように芝生に倒れこんでいった。

（なぜ、湖畔に……）

城から湖にむかう人影を待っていたかのように。

身体が地面に落ちた衝撃とともに、上空に広がる夜空が見えた。

月の光だ。

身体が芝生の上に倒れこむと、芝生を埋めていた純白の梨の花びらがぱぁっと雪のように舞いあがって悠羽の上に降り落ちていく。

全身に強い痛みを感じながら、悠羽はうっすらとまぶたをひらいた。

軍服姿の兵士たち。そしてその中央には、ルテニアのタチアナ姫が冷ややかなまなざしで佇んでいた。刺客の黒幕の正体は、ベルナルトではなく、彼女だったのか？

「ベルナルトの話とは違うようね。城門から湖に出てくるのは、アレシュじゃなかったの？　なのにどうしてこの男が出てきたのかしら」

タチアナの言葉に、悠羽は呆然とした。

ベルナルトが知っていた？　すでにどこかで歴史が変わっていたのか？

なら、アレシュがここにこなくて正解だったのだ。きていたら、ここで撃たれていた。

「この男は……もう死んでいるようね」

タチアナの影が草むらの上に伸びている。虎の形をしていた。

「まだ息はあるみたいですが、どのみち放置したら死ぬでしょう」

彼女と話をしているのは誰なのか。何となく顔に見覚えがある。ルテニアの大使だ。和平条約を結ぶときに、彼の顔も描いた記憶がある。

「これ以上の時間はないわ。一刻も早くここを出なければ、王の軍隊がやってきて、私たちはおしまいよ。運んでいる余裕もないわ。まあ、いいでしょう、彼が死ねば、たとえアレシュが生きていたとしても、狼に変身することができなくなる。そうなれば実質的に彼は排除。あとは私が弟のベルナルトと結婚すればなにもかもうまくいくわ」

タチアナはそう言って兵士たちと一緒にその場から立ち去った。

遠くで馬がいななき、馬車の音がしたかと思うと、やがてあたりはさわさわと草むらを撫でる風の音だけの空間へと変化していった。

宴にいた踊り子や招待客はすべてどこかに消えたらしい。使用人たちや警備員も逃げられる者はすべて逃げた。あとの者はみんな殺されたらしい。

そのせいだろうか、とても静かだ。世界中が無音になったような静けさに包まれている。

また耳が聞こえなくなったかのように。

空の色にゆるやかな優しさが加わってきて、夜明けが近づいてくることを教えてくれる。

もうこのまま消えてしまうのだろうか。

駄目だ、自分が死んだらアレシュがたとえ助かったとしても、タチアナに殺されてしまう。

アレシュさまを護らなければ。

(死にたくない、ぼくはここで死ぬわけにはいかない)

あのときとは、まったく逆だった。

もう生きていても意味がないと思ったあのときとは――。

ああ、生きたい。それなのにもう身体が動かない。

そのとき、狼の遠吠えが聞こえた。

ペピークではない。うぉーんうぉーんという警戒するような遠吠えが反響するなか、見れば、湖のほうから一人の長身の男がこちらにむかって歩いているのが見えた。

ロイヤルブルーの軍服を身につけたその男の顔を見て、悠羽ははっとした。

アレシュ王? いや、違う。彼ではない。彼と似たような顔をしているが、まるで異質な男は――

弟のベルナルトだった。

「……まだ生きているようだな」

ベルナルトは悠羽の顔を上からのぞきこんだ。

「兄上を狙うつもりでいたが……おまえがくるとはな」

ふっとおもしろそうにベルナルトが笑う。

え……。

ベルナルトは胸からノートをとりだし、悠羽の上にばさっと置いた。

「このノート……。ここから兄上が異世界に行くと説明書きがされている」

何ということか。やはり思ったとおり、歴史が変わっていた。

それは悠羽がずっと描いていたノートだった。

驚いて見あげる悠羽に、ふっとベルナルトは意地の悪そうな笑みを見せた。

「さすが預言者だ。兄上の危険がわかって、自分がここに出てきたのか。兄上はどこにいる、言え」

悠羽の身体を抱き起こし、ベルナルトが顔をのぞきこむ。

「あと一枚、最後の一枚が描かれていない。それを描かせなければ。兄上の死の絵を」

アレシュの死の絵？

「このノートの絵のとおりに事件が起きるのだとすれば、最後はその絵しかないだろう」

そのとき、はっとした。彼の手に悠羽の指にあったはずの真紅の指輪がある。

「返して……それは……ぼくのだ」

悠羽は最後の力を振り絞るようにして、半身を起こして手を伸ばした。

「なら、描け。最後の一枚を。すぐにここに。描くんだ、十枚目を。そうすれば未来が変わる」

ベルナルトは悠羽の胸に銃をむけた。

「いやだ……描かない……アレシュさまは……ぼくが護る」

もし自分が描かなくて歴史が変わるのだとすれば。

王の死の絵を描かなければいいのなら。

そうだ、きっとそのときのために自分はここにいるのだ。

「……返せ……っ」

手を伸ばし、悠羽は彼の手から指輪をとりかえした。

「なにをする」

もみあうようになった次の瞬間、大きな銃声が湖畔に響き渡った。ベルナルトの指がトリガーにかかり、彼の放った銃弾が悠羽の身体を撃ち抜いていた。

強い衝撃とともに悠羽の身体が吹き飛ぶ。手にあの指輪をにぎりしめたまま。目の前は真っ暗になり、そこで意識が途切れた。

*

ベルナルトが悠羽を抱きあげ、湖に放り投げる。

冷たい水のなか、悠羽は静かに自分の身体が沈んでいくのを感じていた。

「ん……っ」

湖の底に落ちていく途中から悠羽は夢を見ていた。

アレシュと現代のプラハで再会する夢を。

再会後は、プラハの街をふたりで観光する。

ミュシャの描いた美しいプラハ城のステンドグラスや、市民劇場の天井画を見る。

それからふたりで劇場に行って、モーツァルトの『ドン・ジョヴァンニ』を観《み》る。

人形劇もふたりで観たい。それからラテルナ・マギカ。チェコにいて、チェコらしいものを観たり楽しんだりしたことがなかった。

だからもし彼とプラハに行ったら、今度は自分の育った街を楽しみたい。

そんなふうに思ったとき、女性の声が聞こえてきた。


「小野くん、小野くん、しっかりして」

はっと目を開けると、目の前にクラーラがいた。いや、違う、髪型や服装がまったく。それにアンナという名前の名札をしている。しかし名字が一緒だ。

(でもここはプラハ総合大学だ……)

悠羽はベッドのなかで呆然と目を覚ました。

窓から入ってくる澄みきった風。外に見えるティーン教会の尖塔。確かベルナルトに銃で撃たれ、湖に沈められたはずだが。

それとも長い夢を見ていたのか。もしかすると、火災にあったあとのことは。

しかしなにかが違う。

「あの……」

「小野くん、よかった。気づいたのか、倒れているから驚いたよ」

アンナというクラーラそっくりの女性が現れたかと思うと、次に部屋にやってきたのは、清掃員の仕事をしていたときに世話になっていた医師とそっくりの男だった。

元の世界にもどってきたのではないかと思ったが、どこか違う。違和感があった。

「あの……今……何年ですか」

「西暦でいえば、一九一五年だよ。どうした、貧血で倒れて、まだ意識が混濁しているのか」

貧血で倒れた？　わけがわからず、きょとんとしていると、自分の枕元に例のノートが置かれていることに気づいた。

「あの……これは」

「ああ、このノートの絵、見せてもらったけど、すばらしいわ。アレシュ王という狼の王さまがいたなんて知らなかったわ。小野くんのこれを元にして、新しい伝説の王の話をタペストリーにしましょうよ」

アンナという女性の言葉と西暦から悠羽ははっとした。

（まさか……まさか）

どういうことだろう。祖父の叔父になってしまったのだろうか。なぜ、自分がここにいるのか。わからない。

「それにしても、素敵な絵物語ね。むかしむかし、ボヘミアの森に、人間を護ると約束した狼の王さまがいて……か。これ、小野くんのオリジナル？」

アンナがノートをぱらぱらとめくって問いかけてくる。

「いえ……あ……」

「この預言者は小野くんにそっくりね。がんばっている感じとか」

なにが起きているのか、冷静になろうと自分に言い聞かせ、悠羽は傍らにおいてあった鞄《かばん》に手を伸ばした。

出てきたのは画材と旅券。日本帝国海外旅券という右からの横書きの漢字と縦書きの氏名が入り混じった旅券には、小野悠吉《ゆうきち》という祖父の叔父の名が記されている。

「とにかく大学の記念式典のタペストリー制作は、この物語で決定ね。九枚しかないわ、小野くん、ちゃんと十枚目を仕上げてちょうだい」

そうか、わかった……。

自分は元の世界にではなく、タペストリー制作の時代にやってきて、自分が祖父の叔父になっているらしいということだけはわかった。

祖父の話だと、叔父はタペストリー制作時に倒れ、入院し、数日後に亡くなったという。

（もしかすると……叔父さんは……倒れた時点で死んでいて……ぼくの魂がその身体に入りこんでしまったのかもしれない）

その可能性がある。これまでの幾つもの不思議。

（アレシュさま……ぼくは……今度はこんなところに。タペストリーの十枚目にはそんなことは描かれていなかったけれど）

ベッドに座ったまま、自分の絵を一枚一枚見ていく。これはあちらの世界で悠羽自身が描いたものである。

「小野くん、早く十枚目を描いて。でないと、大学側に資料として提出できないから」

「あ、はい」

十枚目――――。

ここには九枚目しか描いていない。十枚目のあの二種類をどうしても描きたくなくて、アレシュに見せたくなくて描かなかったのだ。

（それに……ここから話が違っている。アレシュさまは異世界に行かなかった。それを拒否した。だからぼくがここにやってきたのか、それとも元々ぼくが途中から叔父さんになって、絵を仕上げたのかわからないけれど）

九枚まで描いてあるノート。これが元になったのか。

そう思ったとき、悠羽ははっとした。

『描くんだ、十枚目を。そうすれば未来が変わる』

ベルナルトの言葉を思いだした。彼が望んでいた未来はアレシュの死であったが、そうではない未来を描けばどうなるのか。

そうだ、十枚目がまだできていないのだから、これから創作すればいいのだ。

「あ……あ……早く……早くしないと」

発作的に悠羽は画材を広げ、ノートの最後のページをひらいた。

この真っ白な紙。ここに祈りをこめて描こう。

呪い返しを解き、アレシュ王が自由に生きていける未来を。彼が自由に狼になれる未来を。

同じ街、同じ世界、同じ……。でも彼はここにはいない。伝説のなかの人だ。もう会えないかもしれない。だとしたらここに祈りをこめるしかない。

祖父の叔父は数日後に亡くなった——なら、時間はない。

悠羽はペンをとり、必死になって下絵を描き始めた。

呪いが何なのかわからない。その答えを聞いていなかった。

けれどこちらの世界にもどってきた以上は、祈りをこめて絵を仕上げるしかないのではないか。

アレシュさま……。

あなたを助けたい。少しでも幸せになって欲しい。

そう思うことは傲慢《ごうまん》なのだろうか。

でももしかしたら、これが自分にできる最後のことかもしれないから。

これだけは残したい、もし遠い未来に悠羽が生まれ、このタペストリーと出会って、またアレシュと出会うことがあるかもしれないなら。

「小野くん……調子はどう？」

アンナが差し入れと見舞いを持って現れる。

元のノートのラスト。祖父の叔父が友人に託したものには、なぜ、二種類の下絵があったのかわからない。祖父の叔父はなにを考えて二種描いたのかわからないけれど、自分は幸せな未来の絵を一枚だけ描こう。

もしかすると、変えられるかもしれないから。

悠羽は必死になって絵を描いた。そうしているうちに、少しずつ体力が弱ってきているのがわかった。

アレシュから離れていると生きていけない伴侶。それが自分だから、また耳が聞こえなくなり、だんだんいろんな五感が使えなくなっていくのだろう。呪い返しの代償として。

（だとしたら、ますます急がなければ。寝食を忘れてでも仕上げないと）

祖父の話によると、遺品のノートだけが日本に届いたという。

彼はどうなるのか。自分はどうなるのか。

願望と絶望と愛しさと祈りが胸のなかを渦巻く。

睡眠をとっていないせいか、絵を描いているうちに、夢と現実とが交互に交錯し、なぜかすぐ近くに彼がいる気がしてならないのだ。彼が自分を見ている、励ましている光景。だからまだ耳が聞こえるのか。

いつもそんな夢を見る。けれど夢のなか、彼に手を伸ばそうとすると消えてしまうのだ。

もう会えないのか、もう二度と。

「……っ」

だけど、きっとなにか意味があるはずだ。自分がここにきたのは。

会いたいという気持ち。彼の呪いをとり払いたいという気持ち。

そうして数日後、悠羽は最後の一枚を完成させた。

そして枕元にノートを広げて、その場に倒れこんだ。激しい貧血。もう力がない。なら、書けるかぎり、これまでのことを日記に書いておこう。チェコ語ではなく、日本語で。いつか未来の世界で、過去の自分が読んだときにもわかるように。

自分はボヘミア王国に行った。そしてアレシュさまと出会った。

預言者としてアレシュに仕えた。

そしてアレシュが無事であることが今の自分の祈り。

『抱けないから無理だ』

異世界に行ってと言ったとき、彼は行けないと言った。あの言葉を耳にした瞬間、不覚にも嬉しいと思った。過去の自分であったとしても、彼が抱けないと言ったことが。

それが運命を変えるきっかけになるとは。

「あら、すばらしい絵じゃない。最後は華やかね」

日記を書いていると、アンナが現れ、横から絵をのぞきこんだ。

十枚目——アレシュは、泣きながら謝罪する弟を許して和解する。弟はアレシュの将軍となり、ルテニア軍を打ち破り、生涯アレシュに忠実に仕えた。

（ああ、何かベルナルトが怒りそうだけど……でも……もし少しでも変えられるのであれば）

そしてアレシュの横には、ペピーク。立派に大人になった彼がアレシュを護っていく。

こんなハッピーエンドになれば。

「小野くん、それで……預言者はどうなったの」

「え……」

「預言者をちゃんと描いてくれないと、物語が不完全なままじゃない。しんどくても預言者をここに早く描いて」

「いいんでしょうか」

「いいもなにも、描きなさいよ。国王と預言者が王国を幸せに導くというラストにしないと、見ている者はすっきりしないわよ。さあ、早く」

「……はい」

預言者……祈り。自分の願望。預言者は、王のそばで生涯、幸せに彼に仕えた。

「……っ」

絵の片隅に、小さく自分の姿を足していく。そうして預言者の絵を描き終えたとき、悠羽は自分の身体から力が抜けていくのを感じた。もうきっとここで終わりだ。

「小野くん、小野くんっ、どうしたの、しっかりして！」

アンナの声が遠ざかり、雨上がりの空に虹がかかるような光が自分に降りそそぐ。真っ暗な闇からまばゆい天上にひきあげられる幸福感。ベートーベンの『歓喜の歌』を耳にしたときに感じる、魂があたたかく包まれるような優しさが悠羽の全身を駆けぬけていくのを感じながら、悠羽はまぶたを閉じた。再び暗い闇の底に吸いこまれていくように。

8　新しい未来

アレシュさまが泣いている。これ以上ないほど哀しげな声で。どうしたのだろう、どうして泣いているのだろう。

「悠羽、悠羽、もどってきてくれ、どうか私のところに。早くこっちにもどってくるんだ」

教会の聖堂に響き渡る彼の泣き声。そこは白鳥城のなかにある小さな納骨堂だった。

蠟燭の明かりが灯るなか、石の上に横たわっている自分に薄いベールがかけられている。その身体にすがりつくようにアレシュが泣いている。

軟弱ではないのに、そんなに泣いたら本当に軟弱王と言われますよ、またあなたを諫めないと。

そう思った瞬間、悠羽は彼の涙に濡れたほおに手を伸ばしていた。

「……アレシュ王」

アレシュが驚いて目を見ひらく。

「よかった、無事だったか」

アレシュに抱き締められ、悠羽はその胸にしがみついていた。

「あ……あ……アレシュさま……」

もどってきたのだ。もう思い残すことはないと思ったのに、アレシュのところにもどってきた。

「悠羽、湖に沈んでいるのを発見したが……よかった、傷がなくなっている。さっきまであったのに」

はっとして胸を見ると銃で撃たれた傷がなくなっていた。

これは何の奇跡だろう。不思議なことばかり。でも歴史は変わったのだ。

どういうふうに歴史が変わったのかわからない。

祖父の叔父の時代に行って、最後の十枚目を自分の願望のまま都合よく描いたような気がしたが、
あれは夢だったのか。

わからない、どうなっているのか。けれど生きて自分がここにいて、生きてアレシュがここにいる。

そして自分たちは抱きあっている。

手のひらにはあの指輪。それに彼が気づき、指にはめてくれる。

もしかして、あの十枚目どおりの世界になっているのだろうか。その結果がどうなっているかわか

ったのは、それから数日後のことだった。


「国王万歳、アレシュ王万歳」

「万歳、アレシュ国王」

どこからともなく聞こえるシュプレヒコールがプラーガの街に響き渡っている。

百塔の街の鐘が鳴り響いている。

前国王の喪が明け、新しい王としてアレシュはプラーガの街に凱旋《がいせん》パレードを行うこととなった。

「悠羽……喪も明けた。約束どおり、私の真の花嫁になってくれるか」

「ええ」

「どんなことでも受け入れてくれるな」

「はい、狼王の花嫁になるための儀式ですよね」

見つめると、アレシュの紫色の双眸がわずかに細められた。

「知っているのか」

「多分……」

アレシュはふっと苦笑し、悠羽のほおにくちづけした。

「さすがは私の預言者だ。とうに知っていたとは」

「覚悟はできています。いえ、むしろ、早くそうして欲しいと思っています。ですが、その前にパレードを。さあ、どうぞあなたがあなたらしくいられる場所で輝いてください。あなたを必要としている国民のために」

祈るように告げると、アレシュはその腕を悠羽の背にまわし、骨が軋《きし》みそうなほどの強さで抱擁してきた。

「よかった、おまえが無事で。おまえが異世界から戻ってきてくれて」

「では……ぼくはやはり……あちらに帰っていたのですね」

「ああ、湖をのぞくと、異世界で十枚目を仕上げているおまえの姿が見えた」

「見えていたのですか」

「あの湖のなかにおまえの姿が見えたときだけ、どういうわけか私は交尾をしなくても狼になれる。だから狼になって何度もおまえのところに行こうとした。だが、おまえは絵を仕上げることに夢中で私の呼びかけには返事をしなかった。仕方なく必死に励ましたのだが、挙げ句の果てに倒れ、どうなるか心配したが、もどってきてくれてよかった」

安堵した声で抱きしめられる。

その腕の感触。ぬくもりが愛おしい。やはり彼は見ていたのだ。彼の想いのすべてが、そこからあふれてくる気がしてきて愛しい気持ちがこみあげてくる。

「行こうか」

アレシュはペピークを従えてそう言うと、悠羽の手をとった。

「紹介する。私の預言者、そして私のつがい、私の花嫁となる相手だと」

大勢の民衆の歓呼の声。アレシュは悠羽を隣に乗せ、凱旋用の馬車を進めた。

国民の間から割れんばかりの歓声があがる。

ロイヤルブルーの優雅な軍服を纏《まと》った国王。馬車の背後には、馬に乗った少佐、それから兄に謝罪してきたというベルナルト。今回のことで激昂した王は、おだやかな彼にしては珍しく怒りをあらわにした。自らの手で弟を処罰しようとしたが、悠羽は間に入って止めた。未来が変わると信じて。そして軍のあとにはペピークを先頭に続く狼たち。警察長官も無事だった。

にこやかにほほえみ、手を伸ばしたアレシュの前に跪き、貴族たちがうやうやしくその手の甲に口づけしていく。

アレシュはタチアナも許し、婚約解消と同時に自国に有利な形でルテニアと和平を結び直した。

ああ、ここに本物の国王がいる。

この日、こうなる瞬間のためにこれまでのすべてがあったのだという実感が胸を熱くしていく。

悠羽の眸から流れ落ちていった。

あの伝説では、預言者が死ぬか、アレシュ王が死ぬかという結末になっていた。

けれど、今、ふたりは生きている。よかった、このひとが国王になってよかった。

(おじいちゃん、ぼく……こんなところにきてしまったよ。不思議だね、おじいちゃんがずっと大切にしていた世界にいるんだよ。そしてぼくが物語の未来を変えたんだよ、みんなが幸せに生きていく世界にと)

けれど本当に物語を変えたのはアレシュだと思う。

異世界に行けない、今の悠羽以外は抱けないとはっきり言ったアレシュの意志。

だからアレシュはベルナルトに撃たれることはなかった。

その深い愛が未来を変えたのだと思う。

そしてなにがあっても、戦争はイヤだ、平和でありたいと願い続けた彼の想いが。

それが最後の一枚を幸せで平和なものに変えたのだというのが今ならわかる。

もう二度と現実の、チェコという国のある世界にもどることはないだろう。

小野悠羽あのまま火に焼かれて死んだことになっているかもしれない。

けれどそれでもいい。

あれほど憧れていた世界にきて、こんなにも幸せでいられるのだから。

悠羽はアレシュの後ろに立ち、じっとその姿を見つめた。

ペピークが尻尾を振りながら、悠羽のそばに寄ってくる。

もう小さくて壊れそうな仔狼ではない。

今では立派な若いオスの狼になった。

これからアレシュを支えてくれるだろう。

「もうおまえのママじゃいられなくなったね。これからは添い寝ができないよ」

冗談交じりに言うと、ペピークが耳と尻尾を下げてがっかりしたような顔をする。

「ごめんごめん、いいよ、王さまがいいって言ったら一緒に添い寝しよう」

そんな話をしていると、ちらりとアレシュがこちらに視線をむける。

聞こえていたらしい。

「駄目だぞ」

彼の口がそんなふうに動いているのがわかり、悠羽は淡く微笑した。

人々の喝采《かっさい》、狼の遠吠えが響くなか、アレシュの表情は国王としての気品と自信に満ちていた。

新しいボヘミア王国の朝が明けようとしていた。

「——悠羽、それではこの先、永遠に私とともに生きていくと誓うな？」

「はい」

その夜、悠羽は白鳥城内の聖堂で彼に愛を誓った。

「知っていると言っていたが……もう一度、確認する。私の本当の花嫁になるという意味は……狼の私に抱かれるということだが……それでもいいんだな」

おそるおそる、本当にいいのか不安そうに言うアレシュに、悠羽は笑顔でかえした。

「ええ、もちろんです」

そのことは、頭のどこかでわかっていたので驚くことはなかった。これまでに何度か彼の心の声を聞いたような気がしたからだ。

『狼になった私に……おまえが抱かれてくれるか、おまえが許してくれるか』

そんな心の問いかけ。

『つがいの儀式を行わなければ、呪いは解けない』

その呟きからも、それがどういうことなのか、想像はついた。

だから何の迷いもなかったし、意識の底で悠羽はとうに覚悟していた。

森の神殿で狼の姿になった彼に抱かれること——それが彼の伴侶になるつがいの儀式なら、自分は喜んでその場に行こうと。

月明かりの照らす、森の奥の空間。

白鳥城の前にある古代の神殿のような白い建物のなかに入り、ロシア正教風の十字架の前に行き、もう一度、ふたりで愛を誓いあう。

「永遠に、ぼくは狼王アレシュさまのつがい、伴侶、花嫁として生きていきます」

「私は永遠に悠羽を私の愛しい伴侶、花嫁として大切にする」

誓いあってくちづけをかわす。

そのあと、ふたりでその神殿の白い石作りの寝台の上に座り、見つめあう。

アレシュの親指と人差し指の先が、悠羽の皮膚の感触をゆっくりと確かめるように、まぶたの上をたどっていく。

やがてその指が鼻筋をなぞって、唇に触れたとき、悠羽は一本だけ指先を銜えるために、うっすらと唇をひらいた。人差し指だった。

「……っ」

ぴくり、と、アレシュが動きを止める。

（アレシュさま……）

まばたきもせず、悠羽はわずかに唇を窄めてその指先を口内にひきずりこんでいった。

「ん……ん……」

歯を立てず、唇の皮膚で食むように甘噛みしていく。

怖くない。人間のあなたも狼のあなたも変わらない。どちらも受け入れられる。そう思いながら、彼の指を銜《くわ》えていく。

「……いいのか、その身に狼を受け入れるんだぞ」

深い息をつくアレシュを、悠羽はじっと見あげた。

「アレシュさま……」

悠羽は彼の肩に指を伸ばした。白いシャツの襟元にそっと手をかけ、首もとに顔を近づけていく。

「悠羽？」

「しっ。じっとしてください」

「……っ」

アレシュの肩にほおをあずけると、肩に触れていた悠羽の手をアレシュの手のひらが包みこむ。

さっき悠羽がそうしたように、今度はアレシュが指先に唇を近づけていった。

「……抱いてください。人間として抱いたあと、狼になってそのまま」

アレシュが悠羽のあごに手をかけてくる。

「いいんだな」

「もちろんです。だってぼくはあなたの花嫁になるのですから」


春のすがすがしい夜風が吹いている。

黄金色の光が月の世界を明るくしている。そんな森のなか、神殿の白い石の寝台の上に座った悠羽の足の間にアレシュが顔を埋めている。

「かわいい私の伴侶だ」

アレシュが形のいい指先で悠羽の髪を撫でていく。ひんやりとした冷たい指先。彼の体温。愛しい温度に、胸が震える。

「アレシュさま……」

彼に全身をあますところなく愛撫され、下肢に侵入してくる性器を受け入れる。

「もっと快楽に狂え、このあと狼に抱かれるのだ、もっと快感に震えろ、狼とのきつい交合を受け入れるために」

悠羽は瞼を閉じて彼の背にしがみついた。

自分から腰を動かして、感じやすい粘膜を摩擦していく牡の存在に身悶え続ける。

「ああ……ああ、ああっ……アレシュさま……もっときて……奥に……」

やがてドクドクと体内に彼の精液が放たれたそのあと、ぐっと身体を反転させられ、うつぶせにされる。

「……」

さすがに覚悟はしていても緊張はする。それでも心の喜びが勝っていた。

狼王と結合する。

そうすれば呪いが解ける。彼は愛を手に入れた者として、いつでも自由に狼になることができるのだから。

その喜びが恐怖や不安をかき消していた。つながったままの状態で互いに求めあう。

「ん……っ」

ふっと意識が遠ざかりかけた次の瞬間、身体のなかにいる彼の性器が膨張し、なにかが粘膜の感じやすい部分に引っかかるのを感じた。

「あ……あ……っ」

ああ、彼が狼になった。それがはっきりとりわかった。

背中に感じた重みと痛み。そして今、自分が狼の彼に抱かれているのだというのも。

そして背中に触れる彼の肌が被毛へと変わっている。

そのとき、神殿の白い壁に映る自分たちに気づいた。さっきまで人間だったアレシュが狼になっているのだ。

自分とはっきりつながっている。

「あ……嬉し……あ……嬉しい……です……アレシュ……さま……」

悠羽は痛みを凌駕《りょうが》して、胸に広がる喜びと幸福感にそんな声をあげていた。

「いい……今夜のおまえは……すごくいい……私の愛する妻……つがい」

耳元を撫でるアレシュの吐息。そのまま狼の牙で耳朶を噛んで欲しい。

耳殻を舐めて欲しい。乳首を弄って欲しい。

そんなこと口にしてしまったのかどうなのか、わからない。

それほど朦朧としていると、アレシュが次々として欲しいことをやってくれて、それが嬉しくてたまらない。

狼でも人間でも変わらない。どちらの行為も好きです。だから本当に幸せです。

そんな実感を抱きながら、悠羽は寝台の大理石にきりきりと爪を立てて、快楽の息を吐き続けた。

彼が体内に精を放ち、狼との結合が達成されるそのときまで。

「ありがとう……悠羽」

ベッドのなかで彼が悠羽の横で人間の姿のまま眠るのは初めてかもしれない。

いつも狼王となって、夜の森へむかっていた。

けれど呪いが解けた今、彼は自由に狼に変身できる。だから、悠羽を抱いたまま、人間として眠りつくこともでるのだ。

「アレシュさま……」

そうだ、いつも一人で寝て彼の帰りを待っていた。

こんなふうに彼の腕のなかで眠ったことはなかった。

そう思うと、改めて果てしない喜びが胸に広がり、悠羽はその裸身にすがりつくように抱きつきながら眸からあふれる涙をこらえた。

大好きです、本当に大好きです。

そんな気持ちのまま、彼の胸のなかで眠ってどのくらいの時間が過ぎただろうか。

アレシュがゆっくりと身体を起こす。

「飲み物をとってこよう。蜂蜜酒でいいな?」

そう言って彼が寝台から下りて、廊下に出たあと、悠羽は起きあがって枕元のチェストのなかから一冊のノートをとりだした。

いつもしまっていた悠羽のノート。きっとベルナルトがここから盗んでもっていったのだろう。

そのときのノートはあのままもとの世界に残り、遺品として日本に渡り、祖父の手元に届けられるのだと思う。

そしてアレシュの世界にもどってきたら、なぜかここにクラーラに渡したはずの元々の叔父のノートが入っていた。

ノートがいつのまにか交換されたことになっていた……。

悠羽のノートはいずれ未来に生まれてくる自分に渡されるのだろう。

そして代わりに、こちらの世界に本物のノートがきていた。

あとで貼りつけられたラストの絵。恐らく悠吉の遺作。ここに描いてあるのは、哀しい悲劇的なラストだ。王の死か預言者としての死か。

これはもう一人のぼくだったのだろうか。

それとも元々の本当の歴史がそれだったのかわからない。

けれど、今、自分が手に入れたこのハッピーエンド——十枚目の人生を前にむかって歩きたい。

ただわかることは、自分はここにくるために生まれた。そしてここで生きていくということだ。

「さようなら、もう一人のぼく」

悠羽は暖炉にノートを投げ入れた。焔に包まれ、ノートが燃えていく。

ちょうどそれを見届けたとき、蜂蜜酒とグラスを手にしたアレシュが寝室にもどってきた。

悠羽がなにを燃やしたのか、彼にはわかるのだろう。なにも問わず、悠羽のそばに立ち、肩に手をかけてきた。

「悠羽、ありがとう、私のつがいになってくれて」

「ぼくこそ。ありがとうございます、こうしていられることが幸せでしかたありません」

ほほえむ悠羽にアレシュが唇を近づけていく。

「もう怖くはないか？」

「え……」

「幸せが消えてしまわないか、もう不安になることはないか」

そう問われ、じわっと胸の奥から熱いものがこみあげてきた。涙が眦にたまるのを感じながら、悠羽はほほえんでうなずいた。

「ええ……だって、まだこれから先の物語がありますから」

そう、これから先、ふたりで作っていく物語があるのだから。今の幸せよりももっと幸せな物語が続いていくのだから。

「そうだ、まだ幸せは続く。だからこれから先の物語を、一緒に作っていこう」

アレシュの腕が背を包む。

涙が止まらない。悠羽はしゃくりあげながら、その胸に顔をうずめた。

生きていることに深い喜びを感じる。

このボヘミアの森で、この先、アレシュやペピークとともに幸せな物語を作っていく。

だからその未来を大切にしていきたい。そう思いながら、悠羽はアレシュの胸のなかで幸せの涙を流し続けた。

＊

パキッと枯れ枝の折れる音が森に響く。

ばさっ、ばさっ……と、木の葉を落としながら木々の間からイヌワシが舞いあがり、大きな翼を広げて狼たちの頭上のはるか遠くへと飛び去っていく。

短い夏がボヘミアの森に訪れていた。

アレシュは狼の姿になり、森の狼たちの様子を見てまわったあと、悠羽との日々を思いだしながら湖畔に佇んでいた、
ベルナルトの銃弾に倒れて彼がいなくなったとき、彼の描いていたノートではなく、別のノートが湖畔に残っていた。

そこに記されていたのは、悲劇的な自分の死と預言者の死という一対になった絵だった。

どちらかの死――それが物語のラストだったようだ。

そのときわかった。

『あなたに未来を伝えなければ、ぼくがここにいる意味がなくなります』

彼の口癖の本当の意味。王の死ではなく、彼が預言者となって死ぬ未来を必死になって創り出そうとしていることがアレシュには痛いほどわかった。

『預言者にしてください』

彼の心が何度もそう訴えていた。

彼にしてはめずらしい野心に、何度も不思議を感じた。

だが、このノートのラストの一対になった一枚を見たとき、彼の言葉のすべての意味がアレシュには一気に理解できたのだ。

そうしてパラパラとノートをめくっていくとノートのなかにもう一枚貼りつけてある部分があった。

そっとひらいて見ると、古いチェコ語が記されていた。

隠された真実。

異世界にアレシュがむかったあと、ベルナルトが悠羽を捕らえ、陵辱している。

むこうで傷を治して、もどってきたアレシュは悠羽と再会できず、狼になれないことを糾弾されてしまう。

婚約者の大公女に助けられたものの、ルテニアの大公の罠にはまり、そこで命を落とす。

次の国王はベルナルトに決まってしまった。

その事実を知り、悠羽はショックで湖に身を投げたが、気がつけば、一九一五年にいて、アンナという女性とタペストリー作りを始める。

事実を絵に描いたあと、彼の贖罪《しょくざい》の意識から自身の死を描き、彼の死後、それが十枚目の裏の絵となってしまったのだ。

最後の下絵はアンナが持っていて、孫のクラーラがあとで貼りつけたらしい。

(あのとき、私があちらの世界に行っていれば、悲劇が起きてしまっていたわけか)

ぞっとする。だから、このことは悠羽には伝えないでおこうと思った。

すでに未来は変わってしまったのだから。

そんなことを考えながら、アレシュは湖畔を離れ、城に入っていった。

狼の姿のままベランダから寝室に行くと、悠羽がテーブルに顔を伏せて眠っている。

新しい絵を描いていたのだ。

アレシュと自分の毎日、それから王国のこと、ボヘミアの森のこと。

十一枚目、十二枚目……と、残していこうと思っているらしい。

「悠羽……風邪をひくぞ」

なかに入ると、悠羽が目を覚ます。

「あ……お帰りなさい」

ああ、本当に何て素敵な笑顔なのだろう。

「ただいま、悠羽」

人間の姿にもどって抱きしめると、悠羽が心地よさそうに胸に顔を埋めてくる。

「夏の匂いがする」

抱きしめると、相変わらず細くて今にもきえてしまいそうなはかなさだ。

「今日があるということは、本当に幸せだな」

しみじみと心の底からそんな想いが湧いてきた。

「今日があり、おまえがここにいて、そして私がいて……また明日がある。そのことが幸せだと毎日実感しているのだ」

アレシュの言葉に、悠羽が「ぼくもです」と呟く。

「だからこれから先の物語を、一緒に作っていこう」

アレシュは悠羽の美しい眸を見つめた。

夜の森のように深く濃い色。けれどとても優しく、すべての命を守ってくれる夜の色。

アレシュの手をにぎりしめ、悠羽は誓うようにそこにキスをした。

「ずっとずっとそばにいて、一緒に描いていってください」

何ていじらしくて愛らしいのだろう。

アレシュは悠羽のあごをつかみ、返事の代わりにキスをした。

そうだ、描いて行こう、ふたりで未来を。

そうしてキスをしたあと、アレシュは悠羽を抱きあげて寝台へとむかった。

悠羽を横たわらせ、銀狼の姿になり、その傍らで丸くなって包みこむようにして眠る。

「おやすみ、悠羽」

大きな体軀を休めながら、胸のなかの愛おしい存在を慈しむように抱きしめたそのとき、どこにいたのか、いきなり悠羽の胸にペピークが飛びこんでくる。

「あ、ペピーク……やだ、くすぐったいよ」

甘えてくるペピークに悠羽がくすくすと笑う。

「こらっ、甘えていいのは私だけだ」

後ろからアレシュが悠羽の首筋を舐める。それに対抗するようにペピークが悠羽にじゃれつく。これでは眠るどころではない。

もう大きくなったくせに。ペピークのやつ、まだふたりの子供のつもりでいるのか。

そんなほほえましい苛立ちを感じながら、アレシュは悠羽を背中から抱きしめ、その首筋に顔をうずめて眠りについた。

明日はなにから始めよう、ふたりの物語の続きを――。

あとがき

こんにちは。この本をお手にとって頂きましてありがとうございます。

今回は、チェコとボヘミアの森を舞台にした孤独な狼王と健気な男の子――悠羽《ゆう》の、異世界タイムスリップメルヘン。担当様から「タイムスリップといえば『王家の紋○』ですが、よりメルヘンに」というリクエストがあり、ぐるぐるしましたが、狼王と仔狼が競いあって悠羽にじゃれつく、「狼家族のもふもふ団らん風景」を楽しんで頂けたら嬉しいです。あ、スピンオフのつもりはないのですが「銀狼《ぎんろう》の婚淫《こんいん》」の裏世界みたいになりました。無理に若者言葉を使うやさぐれ狼王と違い、こちらの狼王は古風な言葉遣いの上品な軟弱さん。よく悠羽に甘えてますし、叱られています。

今回のため、昨夏チェコに行き、イメージを膨らませてきましたが、異世界なのであまり関係なかったかも。でも雰囲気が出ていたら嬉しいです。

ｙｏｃｏ先生、とても愛らしくて素敵なイラスト、本当にありがとうございました。表紙のメルヘンな雰囲気にぱっと異世界に誘われますね。

担当様、いつもすみません。そしてものすごく感謝しています。

ここまで読んでくだった皆様、いかがでしたか？　少しでも楽しんで読んで頂けますように。

CROSS NOVELS既刊好評発売中

おやすみなさい、狼の王さま

銀狼の婚淫

華藤えれな

Illust yoco

「私に必要なのは介護でなく、花嫁だ」

銀狼に助けられた事しか幼い頃の記憶を持たない孤児の愛生は、古城に住む孤独な金持ちを介護するため、ボヘミアの森にやってきた。老人だと思い込んでいた愛生の前に現れたのは、事故の後遺症で隻眼、片足に不自由が残る美貌の侯爵・ルドルフだった。城を囲む広大な森で狼を保護している彼なら、あの銀狼を知っているかもと期待に胸を膨らます愛生。だが淫らな婚姻を結び、子を孕める花嫁以外は城には入れないと言われ――!?

CROSS NOVELSをお買い上げいただき
ありがとうございます。
この本を読んだご意見・ご感想をお寄せください。

〒110-8625
東京都台東区東上野2-8-7　笠倉出版社
CROSS NOVELS 編集部
「華藤えれな先生」係／「yoco先生」係

CROSS NOVELS

愛される狼王の花嫁

著者

華藤えれな

2016年6月23日　初版発行　検印廃止

発行者　笠倉伸夫
発行所　株式会社 笠倉出版社
〒110-8625　東京都台東区東上野2-8-7　笠倉ビル
[営業]TEL　0120-984-164
FAX　03-4355-1109
[編集]TEL　03-4355-1103
FAX　03-5846-3493
http://www.kasakura.co.jp/
振替口座　00130-9-75686
印刷　株式会社 光邦
装丁　斉藤麻実子〈Asanomi Graphic〉
ISBN 978-4-7730-8828-1
Printed in Japan